STRASSENSTAUB

Daniel Gebhart

INHALT

VORWORT

Diese Biografie soll einen wahren und authentischen Einblick in meine Jugend geben. Daher wurden keine Fotos oder Ausdrücke im Buch sowie den von mir damals handschriftlich verfassten Rap-Texten beschönigt. Diese oftmals derbe Ausdrucksweise war in meiner Jugend üblich und ich möchte niemandem zu nahe treten oder jemanden diskriminieren.

Kapitel 1
Blonder Engel

DER WENDEPUNKT *Den ganzen Morgen schon war ihm mulmig zu Mute. Niedergeschlagen erwartete er den Tag danach. Geschlafen hatte er kaum, in einem so verzweifelten Zustand befand er sich. Mutter zeigte sich genervt, gestern Abend sowieso, aber auch noch heute am Frühstückstisch. Das Auto des Vaters erkannte er schon am Motorengeräusch, als es sich näherte. Dann dröhnte die Hupe und sein Herz pochte bis zum Hals.*

Im Flur zog er sich schnell die Schuhe an, angelte seine Jacke vom Garderobenhaken und wappnete sich für die Begegnung. Die erste Begegnung danach.

Er nahm gleich zwei, drei Treppenstufen auf einmal. Nicht, weil er es kaum erwarten konnte, in das ankommende Auto zu steigen. Nein, aus purer Nervosität, weil langsames Gehen unmöglich schien. Vielleicht wollte er den ersten Augenblick schnell hinter sich bringen, vielleicht trieb ihn die Angst nach vorne in die Flucht.

»Scheiß drauf«, dachte er noch kurz, als er schon am Türgriff zog und die abgestandene Luft des überhitzten Autos über ihn schwappte. Tanja, seine jüngere Schwester, hockte auf der Rückbank, teilnahmslos, gefangen in einer anderen Welt. Unklar, ob es da besser war. Den Blick starr auf das Armaturenbrett geheftet, schaffte er es kaum, seinen Vater anzuschauen. Große Scham erlaubte seinem Blick nur einen kleinen Radius. Widerwillig hatten seine Augen beim Einsteigen ins Auto kurz den Fokus auf die Straße verloren, und sein Blick verharrte für Sekundenbruchteile auf der linken Schläfe seines Vaters. Ein sichtbares Zeichen, wie ein Mahnmal, das ihn daran erinnerte, dass alles am Vorabend genauso stattgefunden hatte, wie die Bilder es bezeugten, die sich in seinem Kopf eingebrannt hatten.

Auch jetzt wechselten sich genau diese grellen Szenen mit dem friedlichen Panorama der Landschaft und den weihnachtlich geschmückten Straßen, durch die sie fuhren, ab. Alles erreichte ihn wie durch Watte.

»Hi Tanja, hi Papa«, mehr Kommunikation war bislang noch nicht zustande gekommen. Egal, waren eh beide in sich gekehrt und einen Dreck an ihm interessiert, dachte er. Vielleicht gefiel seinem Vater die Opferrolle sogar.

»Opfer, genau du Scheißopfer. Du hast es ja provoziert«, ging es ihm durch den Kopf, kurz davor, es laut herauszuposaunen.

Im nächsten Moment schwappte wieder Beklemmung über seine Brust. Die Angst war pulsierend bis in die Fingerspitzen zu fühlen. Die Angst vor sich selbst, vor dem, was in ihm steckte.

Eigentlich freute er sich jedes Jahr auf die nicht enden wollende Essenstafel zum ersten Weihnachtsfeiertag bei seiner Oma. Natürlich war er nicht darauf erpicht, den Spießern mit ihrer Brut zu begegnen. Für seine Oma schien immer alles schön und gut. Und das fühlte sich irgendwie beruhigend an. Sein Vater war der Zweitälteste von der Bande.

Früher, als er noch der süße blonde Lockenkopf war, liebten und hätschelten sie ihn. Seit einigen Jahren sah er mehr und mehr die Verachtung in ihren Augen. Das tat ihm weh. Auch, wenn sie alle selbst Loser waren. Alle, aber auch wirklich alle Jungs seiner Oma hatten, wie er selbst, ein Thema mit dem Alkohol. Keiner von ihnen wusste, wann es genug war. Der älteste Sohn kehrte den Businessman heraus, hatte Frau und drei Kinder. Aber vor allen Dingen gaben sie gerne mit ihrem fetten Haus und dem Pool an. Der mittlere hatte eine Brasilianerin geheiratet und auch ein Kind, und der jüngste war mit einer bombastischen neuen Freundin angereist. Sie gingen ihm alle auf die Nerven. Sie kannten keine echten Sorgen. Sie taten, als wären sie mit einem goldenen Löffel im Mund geboren. Alle vier machten die große Show nach außen, gerade bei seiner Oma. Aber dahinter war nicht viel. Vielleicht schauten sie deshalb so gerne auf ihn herab, weil er noch schlechter, zumindest in jungen Jahren weitaus mehr Loser als sie war. Dabei wussten sie noch nicht einmal von gestern Abend.

Nach zwanzig Minuten Autofahrt waren sie zwar immer noch stumm, aber vielleicht ein wenig gelockert. Es fühlte sich schon fast wieder normal an.

»Eine schöne Bescherung war das gestern Abend«, ging es ihm durch den Kopf. Er grinste innerlich ein wenig. Doch der Schock über seinen Ausraster saß zu tief, als dass ein Grinsen eine echte Chance gehabt hätte, sich in ihm breit zu machen. Er hatte gespürt, zu was er fähig war. Und das war der eigentliche Abgrund.

Sein Vater hatte ihm sein Geschenk an den Kopf geworfen. Kein Grund für das, was dann in ihm vorging. In grenzenloser Wut entfesselt packte er daraufhin dessen Hinterkopf und schlug den Vater mit der Stirn gegen ein in Glas gerahmtes Bild. Sofort quoll aus einer Schnittwunde über dessen Augenbraue Blut. Der graue Teppichboden färbte sich rot. Er fühlte, dass er bereit war, weiterzuschlagen. Wäre ein Messer in seiner Nähe gewesen, hätte er dieses benutzt? Schock und Verzweiflung trieben ihn dann in Socken aus dem Haus in die Nacht. Seine Mutter, die er angerufen hatte, holte ihn später irgendwo ab. Ein kleines Häufchen, hilflos, wortlos, stumm und vom Entsetzen gewürgt.

Inzwischen waren sie vor dem großen Garten des netten Siedlungshauses angekommen. Sofort legte sich die Sanftmut seiner Oma über seine Beklemmung. In diesem Haus hatte er sich immer wohl gefühlt. Hier herrschte seine Oma bis heute mit dem Regiment der Liebe. Alles in dem Haus, selbst der muffige Geruch nach alten Möbeln, das Wissen um die ordentlich aufgereihten Marmeladengläser im Keller oder die große weihnachtlich gedeckte Tafel würden sich gleich wie Balsam auf seine Seele legen. In dem Zimmer, in dem seine Uroma unter der liebevollen Pflege seiner Oma vor vielen Jahren gestorben war, war nun, wie an allen Festtagen, eine große Tafel aufgebaut. Dort saß schon die ganze Sippschaft. Das Essen wurde von der Küche im oberen Stock über die enge Treppe mit ihren schmalen Stufen runterbalanciert. Den ganzen Mittag lang, beginnend mit Suppe, gefolgt vom Braten, dem Kuchen, bis hin zum Abendessen, bog sich der Tisch unter den Speisen, fortwährend kommentiert von ekelhaft lautem Gelächter.

Auch er würde an diesem Weihnachtstag essen, trinken, lachen und sich in der Liebe seiner Oma sonnen. Wohl wissend, dass er richtig Scheiße gebaut hatte, war ihm von jetzt an kein Abgrund mehr zu tief.

ES NERVT Oh fuck, was ein Scheiß! Schon wieder verschlafen. Dabei habe ich meiner Mutter doch geschworen, ab jetzt in der Schule Gas zu geben. Aber gestern war so ein geiler Abend auf dem Sportplatz mit den Jungs. Ich wollte nicht heimgehen. Es war Bombenwetter.

Doch die letzte Flasche Wein und der dicke Grasjoint waren zu viel, um morgens rechtzeitig aus dem Bett zu kommen.

Und jetzt lohnt es sich auch nicht mehr, in die Schule zu gehen. Vor allem ist meine Mutter heute den ganzen Tag beruflich unterwegs. Ich habe sowieso keinen Plan, was ich da soll. Dieses ganze Gelaber geht mir nur auf den Sack. Ich weiß bis heute noch nicht, was ich einmal werden möchte. Und wozu ich das ganze Zeug, das ich dort lernen soll, überhaupt brauche.

EINE SCHÖNE ZEIT Oh shit, schon wieder Ärger. Meine Eltern haben sich das für ihren »Mümmelmann« sicherlich alles ganz anders vorgestellt. Sah ich doch als Kind aus wie ein Engel. Aber das bin ich schon lange nicht mehr. Ich habe nur noch wenige Bilder im Kopf von damals. Aber ich kann mich gut an meinen vierten Geburtstag erinnern.

Vielleicht hatte mich der Kaffeegeruch, der jeden Morgen das Frühstück ankündigte, geweckt. Ich blinzelte aus dem Fenster und sah unseren riesigen Garten mit der großen roten Schaukel. Gerade ging die Sonne auf. Es war ein wunderschöner Tag, und ich stürmte aus meinem Zimmer. Mein Kinderzimmer war über eine Brücke mit den anderen Zimmern im oberen Stockwerk verbunden. Ich hörte die Stimmen meiner Eltern und das fröhliche Brabbeln meiner Schwester im Erdgeschoß. Sofort rutschte ich auf dem Treppengeländer nach unten. Dort wartete schon meine kleine süße Schwester in ihrem Hochstuhl. Sie starrte mich mit ihren großen Augen an. Ich gab ihr einen dicken Kuss und war bereit für den Tag. Ich war megastolz auf sie und konnte nicht aufhören, sie zu knutschen und zu knuddeln. Aber heute musste es schneller ge-

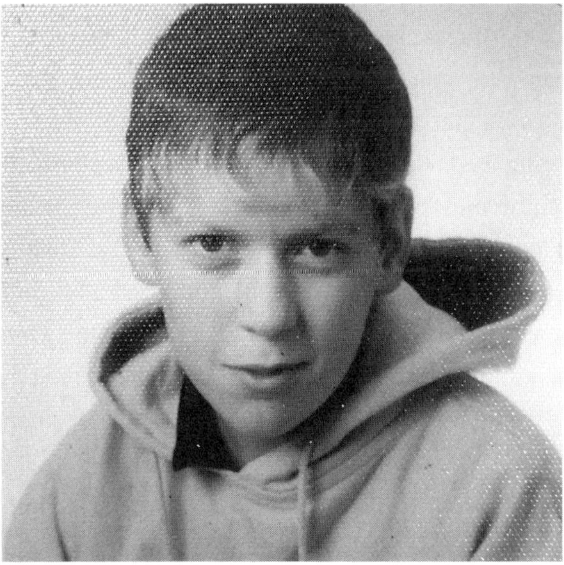

hen, denn es war mein vierter Geburtstag. Der Frühstückstisch war bereits gedeckt. Das musste warten. Vater und Mutter umarmten und knutschten ihren kleinen blonden Engel. Meine Eltern waren megastolz auf uns beide. Meine Schwester war zuckersüß, und ich sah mit meinen blonden Locken aus wie ein Engel.

An diesem Morgen interessierte mich mein geliebtes Nutellabrötchen eher weniger, denn zuerst waren die Geschenke an der Reihe.

Später kamen dann noch mein Cousin und eine Freundin aus der Nachbarschaft vorbei. Wir drei Kleinen saßen in einer Reihe auf der tiefen antiken Couch mit den dicken Federn, auf der ich ansonsten immer rumsprang. Spannung lag im Raum. Auch wenn wir kaum über den Tisch schauen konnten, reichte es gerade, um die dicke Torte mit den vier brennenden Kerzen zu sehen. Ich durfte die Kerzen ausblasen und als Erster ein Stück nehmen. Was sollte ich mir wünschen? Ich hatte keine Wünsche. Alles war perfekt.

Danach ging es direkt zu meinem Opa in das Riesenhaus, das einige Autominuten entfernt war. Ich war sehr gern bei ihm. Dort gab es immer etwas zu entdecken. Und Opa konnte mir keinen Wunsch abschlagen. Bei Opa durfte ich alles und bekam alles was ich wollte. Außerdem konnte man mit Opa herrlich toben und spielen. Der alte Mann mit seinem breiten Lächeln und seinem dicken Schnauzer ließ sich auf jeden Quatsch ein.

Ich wusste, es würde toll werden bei Opa. Und doch ahnte ich nicht, was mich erwartete. Als ich über den Kunstrasen an den Landschildkröten vorbei in den Hof stürmte, konnte ich es nicht fassen. Dort stand es: mein erstes eigenes Auto, ein kleiner gelber Jeep mit Ersatzrad. Genauso einer, wie ihn der Opa fuhr, nur kleiner. Ich rannte in die offenen Arme meines Opas. Er riss mich hoch und warf mich in die Luft. Ich quietschte vor Vergnügen.

»Ein kleiner Jeep für den großen Mann«, sagte er. »Dein erstes Auto«, zwinkerte Opa mir zu. Ich konnte es kaum fassen. Opa setzte mich in den gelben Jeep und fuhr mich kreuz und quer durch den Hof. Meine kleine Schwester rannte hinterher. Dann ging es mit Opa die Straße entlang, hoch und runter und wieder zurück. Ich war stolz auf meinen ersten Neuwagen, und Opa war stolz auf seinen kleinen blonden Engel. Blacky, der Hund, rannte hinterher und bellte vor Vergnügen. Auch der Mischling merkte, dass es ein besonderer Tag war.

Der kleine blonde Engel, das war ja ich!

Viele Erinnerungen an diese Zeit habe ich nicht mehr. Aber eines weiß ich, es war eine mehr als glückliche Zeit.

KEIN BOCK AUF DIESES SPIESSERLEBEN! Schon wieder Zoff daheim. Sie verstehen mich einfach nicht. Na ja, mal schauen, was der Tag noch so bringt. Erst einmal muss ich mir eine gute Story überlegen, falls die Schule anruft. Gestern habe ich die letzten zwei Stunden blau gemacht. Ich hatte einfach keinen Bock auf Sport. Falls es einen Eintrag ins Hausaufgabenheft gibt, ist dieses immer dick genug, um eine lästige Seite rauszureißen. Aber was bringt das? Die hören ja nicht auf zu palavern, dass ich in die Schule gehen soll. Ich will mein eigenes Ding machen und habe keinen Bock auf ein Spießerleben. Als Kind war ich da noch leichter zu beeindrucken.

Besonders beeindruckt hat mich mein Opa. Er war der Größte in meiner Kindheit. Opa hatte sein eigenes Geschäft und konnte machen, was er wollte. Mitten in der Stadt war seine riesige Tierhandlung. Da habe ich viel Zeit verbracht. Schöne Zeiten, spannende Zeiten. Es sah da aus wie im Zoo. Dort waren außer vielen Vogelkäfigen mit laut singenden und feixenden Vögeln auch Hasen, Hamster, Meerschweinchen, Schildkröten und jede Menge Aquarien mit exotischen Fischen, Schlangen und Echsen. Ich kam aus dem Staunen nicht mehr heraus. Aber es bedeutete auch viel Arbeit. Und ich durfte helfen. Meine Aufgabe war es, die Fische zu füttern und die Scheiben mit einem Magnetwischer sauber zu halten. Das war noch eine Beschäftigung, die Spaß machte. Alles war exotisch in dem Laden. Die bunten Fische, die Schlangen und die Echsen waren in dem Alter faszinierend für mich.

Überhaupt spielten Tiere in meiner Kindheit eine große Rolle. Wenn ich nicht bei meinem Opa war, rannten wir Kinder aus der Nachbarschaft zu den benachbarten Wiesen, die immer Abenteuer versprachen. Auf dem Weg dorthin lagen Gärten mit Obstwiesen und ein Bahnübergang. Unsere Eltern hatten immer Angst und ermahnten uns, auf den Zug aufzupassen. Doch wir Kinder nahmen das nicht zu ernst. Wir wollten schnell zu den Kirschen, Himbeeren oder Brombeeren, die wir uns in den Mund steckten. Dann gingen wir weiter in das mächtige Sumpfgebiet mitten im Wald. Dort gab es

Ringelnattern, Eidechsen und schimmernde Käfer. Besonders wichtig waren uns die Regenwürmer. Und ob ihr es glaubt oder nicht: Ich habe damals schon ein supergutes Geschäft mit fucking Regenwürmern gemacht! Wir sammelten sie in Gläsern mit Luftlöchern und dann boten wir sie in unserer Straße an. Die Leute aus der Nachbarschaft kauften das Zeug. Nicht weil sie Regenwürmer gerade eben brauchten. Wahrscheinlich haben sie die Würmer in ihrem Garten gleich wieder ausgesetzt. Ich denke eher, die wollten einfach nur nett zu uns verwöhnten Bengeln sein. So waren sie eben. Ich fühlte mich damals mit fünf Jahren schon wie der krasseste Verkäufer.

MACH DEINEN SCHEISS ALLEIN Heute wieder nix los. Mir ist so langweilig. Gegen Mittag schaue ich mal am Sportplatz vorbei. Vielleicht hat einer der Jungs Gras dabei.

Die letzten vierzehn Tage musste ich ein Praktikum bei einer Gärtnerei machen. Es war die Hölle. Den ganzen Tag sind wir mit dem Schubkarren rumgefahren und durften irgendwelche Grünabfälle einsammeln. Soll so meine Zukunft aussehen? Der Chef wird immer reicher, und ich bekomme einen Hungerlohn? Nicht mit mir! Ich habe die Luft aus dem Schubkarrenreifen rausgelassen, mich daneben gesetzt und eine geraucht. Soll er doch seinen Scheiß allein machen.

MÜMMELMANN Komisch, meine Mutter nennt mich immer noch »Mümmelmann«. Obwohl ich den ganzen Tag nur Scheiße baue. Weil ich als Kind immer mit der Nase so schnüffelte wie ein Hase, nannten sie mich »Mümmelmann«. Ist eben so. Der Kosename meiner Schwester lautet bis heute noch »Törtel«. Als kleines Kind trug sie immer ein Spitzentuch um den Kopf und wurde deshalb von der Nachbarin »Törtel« genannt. Warum geht mir das gerade durch den Kopf? Diese Zeiten sind schon lange vorbei. Weder meine Schwester noch ich haben irgendetwas mit »Törtel« oder »Mümmelmann« gemeinsam, auch wenn uns unsere Mutter immer noch so nennt.

Mehr noch, meine Mutter hat ihren »Mümmelmann« immer weitermachen lassen, egal welchen Scheiß er anzettelte. Es kam nur ein kleiner Anschiss, und alles war wieder gut.

Vor Kurzem waren wir im Supermarkt einkaufen. Ich habe mir die ganze Jacke mit Zigaretten vollgestopft. An der Kasse kamen wir zwar noch vorbei, doch draußen forderte uns ein Detektiv auf mitzukommen. Ich dachte sofort: »Shit«.

In seinem Büro habe ich die Zigaretten rausgeholt und auf den Tisch gelegt. Meine Mutter heulte sofort los. Vielleicht auch nur, damit der Detektiv die Fresse hält. Später lamentierte sie rum. Sie bemühe sich doch, dass wir alles haben und so weiter. Das war es aber auch schon. Im Supermarkt hatte ich Hausverbot. Meine Mutter war enttäuscht, aber auch nur, weil es ihr peinlich war. Denn es hatte jeder mitbekommen. Es gab keine Strafe und trotzdem blieb ich ihr »Mümmelmann«.

Oh man, was für ein Abfuck. Monatelang schleppe ich Waren aus allen möglichen Geschäften heraus. Und ausgerechnet jetzt, wo ich mit meiner Mutter einkaufen bin, muss das passieren. Es hat mir schon weh getan, meine Mutter so heulen zu sehen. Aber na ja, irgendwie brauche ich das. Ich weiß auch nicht warum. Wenn ich etwas will, hole ich es mir. Ganz einfach.

O'ZAPFT IS! Letzte Woche war ich mit meinen Jungs auf dem Oktoberfest. Meine Mutter sagte zuerst: »Nein«. Doch ich habe sie tagelang genervt. Kaum zu glauben, ich durfte wirklich mitfahren. Kevin, mein bester Kumpel, säuft mit seinen fünfzehn Jahren schon ziemlich viel. Sein großer Bruder schläft zurzeit im Keller. Seine Mutter hielt es oben nicht mehr mit den beiden Jungs aus. Sie wollte damit die heftigen Streitereien und Schlägereien der Brüder unterbinden. Der kleinere Bruder Kevin wohnt mit seiner Schwester und der Mutter in der Wohnung. Also verbrachten wir die Nacht davor mit reichlich Bier bei Steve auf der Matratze im Keller, bis der Wecker klingelte. Dann haben wir uns wie der Rapper Kris Kross unsere Baggy Pants falsch herum angezogen, also mit dem Schlitz am Arsch. Das sah zwar cool aus, hat aber den ganzen Tag genervt, weil es super unbequem war. So ging es zum Bahnhof. Der Bummelzug nach München dauerte ewig. Bis dahin hatten wir jede Menge Bier intus und dazu kein Geld mehr. Auf dem Oktoberfest lernten wir Leute kennen, mit denen wir gesoffen haben. Auf der Rückfahrt mussten wir schwarzfahren, weil Steve aus Versehen das Rückfahrticket statt das Hinfahrticket weggeworfen hatte. Aber es war ein geiler Tag. Ich vergesse nie, wie wir uns am Zielbahnhof in den Armen lagen und jubelten. Wir waren 600 Kilometer schwarzgefahren, ohne erwischt zu werden.

Oh Mann, war das eine verrückte Aktion. Wir hatten echt eine geile Zeit zusammen. Das muss uns erst einmal einer nachmachen. Ohne Geld und Rückfahrticket Party auf dem Oktoberfest. Vollgas!

DER GRAUE DRACHEN Ich nehme inzwischen täglich Drogen und trinke Alkohol. Meine Mutter macht sich große Sorgen. Sie versucht alles, nichts funktioniert. Jetzt rannte sie noch zum Jugendamt und veranlasste Familienhilfe. Das war keine gute Idee.

Letzte Woche kam dann diese unsympathische Frau mit kurzen grauen Haaren und fettem roten Lippenstift zu uns ins Haus. Alles an der ist ekelhaft, besonders wenn man ihr ins Gesicht blickt. Sie sieht aus wie der Teufel und hat überhaupt keinen Plan. Wieso meint sie, uns helfen zu können? Wahrscheinlich hat diese Frau noch nicht einmal Kinder.

Dann ging es los mit dem sogenannten Familienstammtisch. Mein Vater, meine Mutter und meine Schwester saßen um den großen Esstisch und warteten, was kommen würde. Ich hatte absolut keinen Bock auf die. Dann glotzten wir alle vor uns hin und sollten uns vorstellen. Sie fing an zu labern. Ich sah die Frau an und dachte, mich interessiert überhaupt nicht, wer sie ist und woher sie kommt. Meine Schwester war schüchtern und sagte kaum etwas. Mein Vater erzählte, was für eine tolle Führungskraft er wäre. Und dann hat meine Mutter der Frau und uns allen mindestens dreißig Minuten lang den Kopf vollgelabert mit langweiligen Sachen. Ihr Vater sei ein berühmter Geschäftsmann. Ob die Frau ihn etwa kenne. Ihre Mutter hätte eine eigene Gärtnerei gehabt. Meine Mutter nervt gern mit solchen Geschichten, wahren wie erfundenen. Egal, aber die Laberei war total unnötig und unangenehm. Dann war ich an der Reihe:

»Ich bin Daniel, fünfzehn Jahre alt und habe keinen Bock auf Sie!«

Mein Vater schüttelte nur den Kopf. Meine Mutter war empört.

Meine Schwester lachte laut. Dann sagte die Tante zu mir: »Mein Job ist es, dir zu helfen.«

»Ich brauche keine Hilfe.«

Trotzdem hakte sie nach: »Wo siehst du denn die Probleme bei dir?«

»Es gibt keine Probleme.«

»Das sehen deine Eltern und auch ich anders.«

»Vielleicht liegt es daran, dass ihr alle keine Ahnung habt«, motzte ich sie an.

Dann stellte sie uns ihren Plan vor, wie und wann wir welche Regeln zu befolgen hätten.

Plötzlich sollte es eine feste Zeit geben, wann ich am Wochenende zu Hause sein müsste. Alkohol, Drogen und Zigaretten wurden verboten. Ich sollte im Haushalt helfen, am Wochenende etwas mit der Familie unternehmen. Dafür dürfte ich dann am Wochenende bis 22 Uhr raus. Lauter Mist halt. Faule Kompromisse. Das, was ich sowieso schon machte, sollte ich mir nun als Belohnung durch Pflichten erarbeiten.

Ach du Scheiße, das hat mir gerade noch gefehlt. Ab sofort haben wir einen grauhaarigen Drachen vom Jugendamt im

Haus. Und was für tolle Ideen diese Frau hat ...! Man merkt einfach, alles, was die Fotze weiß, hat sie aus Büchern gelernt und nicht im Leben.

Die Sozialpädagogin kam für eine Weile alle zwei Wochen zur Besprechung, erkannte aber schnell, dass nichts funktionierte und resignierte irgendwann.

PAPA, HIER BIN ICH Ab sofort will es nun mein Vater mit mir versuchen. Ich bin zu ihm gezogen. Wo soll das noch enden? Die besten Freunde sind wir nicht gerade.

Meine Mutter fühlte sich schon lang mit mir überfordert. So bin ich jetzt bei meinem Vater gelandet. Meine Schwester wohnt weiterhin bei Mama. Immerhin schläft er auf der Ausziehcouch im Wohnzimmer und hat mir sein Bett im Schlafzimmer überlassen. Vor diesem Umzug hat meine Mutter noch alle Register gezogen: »Ich pack's nicht mehr ...« und »es geht so nicht mehr weiter«. Manchmal drohte sie auch: »Du kommst ins Heim«. Dabei wohnten wir mittlerweile, nachdem wir so oft umgezogen waren, mit dem Freund meiner Mutter in einem schönen Haus zusammen. Ich hatte nach ihrer Meinung alles, was ich wollte. Doch ich habe mein eigenes Ding gedreht und es dabei genossen, endlich in einem festen Umfeld angekommen zu sein. Die ständigen Ermahnungen meiner Mutter haben mir wenig ausgemacht. Mädels, Kumpels, Partys und Drogen waren eben interessanter.

ABSCHLIESSENDE STELLUNGNAHME DER SOZIALSTELLE:

»Der Verlauf der letzten Wochen zeigte eine deutliche Abnahme der Motivation der Familienmitglieder aus unterschiedlichen Gründen. Ursprünglich war der Hauptinitiator für die Inanspruchnahme einer externen Hilfe Daniels Mutter, die jetzt weniger ›zuständig‹ ist, da Daniel beim Vater wohnt. Daniel sieht keinen Anlass für die Fortführung der Maßnahme. Daniels Vater hat seine Möglichkeiten des Zusammenlebens mit Daniel realistisch erkannt und versucht, diese ohne fremde Hilfe umzusetzen.

Eine Fortführung der Hilfe zur Stabilisierung Daniels, zum Lernen von Kritikfähigkeit und zum Aufbau von mehr Selbstverantwortung wäre weiterhin wichtig. Daniel selbst bagatellisiert allerdings sein Verhalten und die Schwierigkeiten in der Familie.

Daniel benötigt ein sehr enges Kontrollsystem. Um dies zu gewährleisten, sind eine sehr enge Zusammenarbeit, Verbindlichkeiten und Absprachen zwischen den Eltern unumgänglich. Die klare Trennung der Elternverantwortung, die nun beim Vater liegt und die er auch ausfüllen möchte, bedeutet für Daniels Mutter, die Erziehungsverantwortung beim Vater zu belassen sowie zu dessen Stärkung die vereinbarten Grenzen einzuhalten, damit ein Ausspielen der Eltern und das Ausnutzen der damit erworbenen Freiräume für Daniel nicht möglich werden. Grundlage für das weitere Zusammenleben von Vater und Sohn wäre die Entwicklung adäquater Krisenbewältigungsmuster ohne Gewaltanwendung.«

ICH NEHME MIR, WAS ICH BRAUCHE An Geld für Drogen ranzukommen ist jetzt kein Problem mehr für mich. Wenn mein Vater morgens unter der Dusche steht, nehme ich ihm ein paar Scheine aus dem Geldbeutel, der offen in der Schublade liegt. Mein Vater hat immer viele Scheine drin, und ich brauche ständig Nachschub für Drogen und Zigaretten. Mit meinen 50 Euro Taschengeld in der Woche komme ich da nicht weit. Oft sieht mein Vater einfach darüber hinweg, was er nicht ändern kann. Das ist ganz praktisch. Seine Vorstellung vom Leben ist: Man macht eine Ausbildung, dann heiratet man, bekommt Kinder und baut ein Haus. Ich bewege mich in einer anderen Welt und scheiße auf seine Vorstellungen.

SEX, DRUGS AND ROCK 'N' ROLL Inzwischen habe ich auch eine Freundin am Start. Das hat sich ganz spontan ergeben.

Wie immer war ich am Wochenende bei meinem besten Kumpel. Seine Mutter, die sehr gut verdient, hat eine geile Wohnung und dazu einen Freund, der über 100 km entfernt wohnt. Das bedeutet für uns jede Woche: sturmfreie Bude. Wir standen am letzten Wochenende auf dem Balkon und rauchten einen Joint. Die ganze Stadt war verschneit. Ich schaute aus dem letzten Stock runter auf die Straße. Da sah ich sie. Von oben fiel mir sofort ihr geiler Arsch in der Miss-Sixty-Jeans auf, ihre langen schwarzen Haare und ihr knallroter Lippenstift. Sie schaute zu uns und winkte. Ich winkte zurück und wollte spontan zu ihr runter gehen.

Mein Kumpel fragte: »Was willst du denn mit der?«

Ich sagte: »Halt's Maul und geh mit.«

Wir gingen runter zu ihr. Ich stellte mich vor. Sie sagte, sie sei Natascha. Ich lud sie ein, mit hochzugehen. Was sie auch tat. Sie blieb einige Zigaretten bei uns. Von der Bong, die ich mit meinem Kumpel rauchte, wollte sie nicht probieren. Das fand ich gut. Mich interessieren eher Frauen, die nicht so kaputt sind wie ich. Natascha geht aufs Gymnasium und wohnt bei ihren Eltern ein paar Straßen weiter. Sie schaute mich die ganze Zeit an. Ich dachte mir, dass ich ihr gefiel. Dann fragte sie, ob wir uns mal treffen möchten. Natürlich habe ich ja gesagt. Wir tauschten die Nummern aus. Jackpot. Ich dachte mir, die vögle ich, aber ganz bald. Und so kam es auch. Wir haben uns dann die nächsten Tage draußen getroffen. Beim ersten Date steckte ich ihr auch gleich die Zunge in den Hals. Ihr Arsch in der engen Jeans machte mich mega geil. Aber mal den Ball flach halten. Ich bin ein junger Erwachsener mit einem entsprechend hohen Testosteronspiegel. Ich lud sie dann zu mir ein. Mein Vater war an diesem Nachmittag bei seiner Freundin, und ich konnte Natascha durch die ganze Wohnung vögeln. Wenn sie bei mir ist, sind wir nur am Vögeln. Überhaupt geht es bei uns um nichts anderes. Es passiert einfach. Wir treffen uns jede Woche und das hauptsächlich zum Vögeln.

GRÜNE BRILLE Ich kiffe und kiffe und kiffe. Inzwischen habe ich auch mal Amphetamin probiert. Ich liebe es einfach, auf Drogen zu sein.

Gestern chillten wir bei meinem Kumpel im Keller. Ich habe mir dann sein Fahrrad geliehen, um Drogen zu besorgen. Es regnete krass. Auf dem Rückweg von meinem Dealer hielten mich dann die Bullen an. Sie fanden natürlich die zehn Gramm Gras in meiner Tasche. Ich musste mit zum Revier, um einen Drogentest zu machen. Der fiel selbstverständlich positiv aus.

SCHWESTERHERZ Zu meiner Schwester habe ich im Moment keinen Kontakt mehr. Wir haben uns schon länger nicht mehr gesehen. Ich denke oft an sie. Aber im Moment bekomme ich es einfach nicht hin, mich bei ihr zu melden. Ich hoffe, es geht ihr gut. Ich denke oft daran, wie wir oben auf der Treppe in unserem Haus saßen und unten haben unsere Eltern gestritten. Sie hat mich immer so fest in den Arm genommen und mich nicht mehr losgelassen. Ich hoffe, sie wird ihren Weg gehen.

DAS KÖNNT IHR TOTAL VERGESSEN So ein Scheiß. Heute war ein Brief vom Gericht im Briefkasten. Gott sei Dank entdeckte ich diesen vor meinem Vater. Per Anordnung vom Gericht muss ich ein halbes Jahr lang Urin abgeben und mich zusätzlich bei der Suchtberatung melden. Das können die total vergessen. Ich habe den Brief direkt in die Tonne geklopft.

VÖGELN NACH DEM ABENDBROT Es ist immer das Gleiche. Natascha und ich haben außer Sex keine gemeinsamen Interessen. Wir liegen den ganzen Tag im Bett und vögeln. Es gibt kein verliebtes Schlendern oder Schaufensterbummeln. Unser gemeinsames Hobby bleibt ausschließlich das Vögeln. Damit bin ich zufrieden.

Vor Kurzem stellte sie mich ihren Eltern vor. Die haben mich echt freundlich aufgenommen. Sie wissen genau, was wir treiben. Natascha kann nicht leise sein. Beim Essen kommt immer die Ermahnung, sie soll die Pille nicht vergessen. Ich finde beide schwer in Ordnung. Abends gibt es Abendbrot. Ich darf auch immer mitessen. Die Mutter ist Verkäuferin in einem Supermarkt und der Vater KFZ-Mechaniker. Beide sind ziemlich locker drauf. So geht es immer weiter. Vögeln, Abendbrot, vögeln, im Bett liegen, Fernsehen schauen. Ich fühle mich geliebt. Ob ich sie liebe, ist eine andere Frage. Ich denke, soweit es mir zu diesem Zeitpunkt möglich ist, ja. Aber meine Gefühlswelt ist durch den 24/7-Drogenkonsum eingeschränkt. Mein Kumpel und ich sitzen immer noch im Keller und kiffen. Nur nicht mehr so oft. Ich muss die Balance zwischen Drogen und Sex finden. Diese Aufgabe meistere ich mit Bravour.

ICH LEBE FÜR HIP-HOP Hip-Hop, Drogen und Sex sind mein Leben. Im Moment höre ich den ganzen Tag Eminem. Seinen Kinofilm »8 Mile« sah ich gleich fünfmal. Meine Haare sind blond gefärbt und ich kann jede Textzeile von ihm auswendig.

In der letzten Woche kam er mit seiner Anger Management Tour nach Essen. Eminem, Xzibit, Cypress Hill, D12. Mein Vater wollte mir auf keinen Fall die Tickets bezahlen, und ich hatte keine Kohle dafür. Aber ich bin ein Fuchs. Also ging ich vor einigen Wochen ins Internetcafé und bestellte einfach unter einem falschen Namen zwei Tickets für die Tour. Diese wurden prompt in unseren Briefkasten eingeworfen, auf den ich vorher ein Schild mit falschem Namen geklebt hatte. Meinem Vater erzählte ich, dass die Karten von meinem besten Kumpel sind. Da erlaubte er es mir.

Als es dann so weit war, wusste ich nicht, ob der Code auf den Karten verraten würde, dass ich nicht bezahlt habe. Eine beschissene Unsicherheit war das. Als wir in der Reihe zum Einlass standen, lernten wir zwei Schweizer kennen, die eine Menge Gras dabei hatten. Da kam ich auf die Idee, ihnen unsere Premiumkarten für die erste Reihe im Tausch gegen zehn Gramm Gras und ihre Tickets anzubieten. Darauf ließen sie sich ein. Allerdings glaube ich, dass sie mit den Karten nicht reinkamen. Denn die Sporttasche von meinem Freund mit seinen Wertsachen, die wir draußen im Busch versteckt hatten, war später weg. Sie mussten uns wohl beobachtet und sich auf diese Art gerächt haben.

Ich werde diesen Tag in meinem Leben niemals vergessen. Es waren 45.000 Zuschauer in dem Konzert, und über allem schwebte eine Wolke aus Marihuana. Wir hatten die Taschen voll mit Gras und Bier. Direkt nach dem Konzert fuhren wir mit dem Zug wieder nach Hause.

KINDERFICKER Es ist einfach zu krass, was gestern passierte. Ich kann es gar nicht in Worte fassen. Wir lagen wie immer bei Natascha im Bett. Plötzlich sagte sie, dass sie mir etwas gestehen muss.

Ich dachte mir: Fuck, was kommt jetzt? Und fragte sie: »Was gibt es?«

Natascha nuschelte: »Ich weiß nicht, wie ich es dir sagen soll.«

»Mach' einfach.«

Sie war sichtlich besorgt: »Du musst mir schwören, dass du nicht durchdrehst.«

In dem Moment überkam mich ein ekelhaftes Gefühl vor dem, was jetzt passieren würde.

Sie sagte: »Seit einigen Jahren schlafe ich mit meinem Vater. Er nimmt es auf Video auf.«

Leise setzte sie nach: »Wenn ich es mache, darf ich länger raus oder zu dir und bei dir pennen.«

Unter Tränen kam: »Ich liebe aber nur dich!«

Es ist so ein ekelhaftes Gefühl, und ich spüre es immer noch im ganzen Körper. Hass, Wut, Schmerz und Verzweiflung. Zuerst traf es mich wie ein Blitz. Ich kann es jetzt noch nicht glauben. Ich fragte sie, ob das wirklich ihr Ernst sei. So etwas gibt es in meiner Welt nicht! Meine Welt ist kaputt. Ja! Aber so etwas kann ich mir nicht vorstellen. Gestern schossen die Tränen aus meinen Augen. Fühlte ich mich betrogen? Nein! Ich glaube, gestern wurde das letzte bisschen Liebe aus meinem Herz gerissen. Das letzte bisschen Glaube an die Möglichkeit, was Familie bedeuten kann. Ich will nicht glauben, dass so etwas ein Vater seiner Tochter antut. Mein Kopf und mein Herz fühlen nichts mehr.

Plötzlich erklären sich Sätze ihrer Mutter wie: »Ich geh zum Karten spielen, Natascha. Bitte mache, was dein Vater sagt. Sei lieb zu ihm.« Oder die dreckigen Sexwitze am Tisch vom Vater bekommen jetzt eine ganz andere Dimension. Ich weiß nicht, ob ich kotzen oder heulen soll. Das ist alles so ekelhaft. Ihr eigener Vater zwingt sie, mit ihm zu ficken. Danach darf sie zu mir, um es mit mir zu machen. Nach ihrem Geständnis sprang ich aus dem Bett und schrie: »Ich bringe ihn um!« Dabei schmiss ich den Schrank um, sodass der ganze Inhalt auf den Boden fiel. Ich schrie laut durch die Wohnung: »Ich bringe ihn um. Hurensohn. Kinderficker.« Sie flehte mich auf Knien an, ich soll niemandem davon erzählen. Sie würde ihre Familie verlieren. Ich glaube, die Eltern ahnten, was sie mir gestanden hatte. Sie verpissten sich beide. Wahrscheinlich haben sie das Wort »Kinderficker« gehört. Wahrscheinlich hallte es durch die ganze Stadt. Ich habe mich entschieden zu gehen. Das ist zu viel. Das kann ich nicht aushalten. Lieber würde ich den Kinderficker töten. Aber nicht, weil ich Natascha so sehr liebe. Nein. Ihr Geständnis liegt jenseits meiner Vorstellungskraft. Ich ging und will auch nie wieder kommen. Sie versucht die ganze Zeit, mich anzurufen. Vergebens. Ich kann ihr nicht helfen und möchte damit abschließen. Und ja, das verursacht einen großen Knacks in mir. Auch wenn ich in meiner eigenen Welt lebe, so bin ich doch ein Familienmensch. Anderes will ich nicht zulassen. Das Dreckschwein bekommt spätestens vor Gott seine gerechte Strafe. Ich habe Natascha allerdings geschworen, keinem davon zu erzählen. Und daran halte ich mich. Ich glaube, ich kann nie mehr lieben und irgendjemandem vertrauen. Mein Herz ist kaputt. Gibt es überhaupt Liebe? Was bedeutet noch Familie?

Hey, du Stück Scheiße. Ja, ich meine dich. Ich mach aus dir Stück Scheiße eine kleine Bitch. Du hast mir den Glauben an die Liebe genommen. Nur deshalb bekommst du Stück Scheiße einen eigenen Song. Und jetzt spür' meinen Zorn. Ich hab' mörderische Gedanken. Dass du Opfer lebst, hast du deiner Tochter zu verdanken. Ich glaube an Gott und Gerechtigkeit. Du bekommst deine Strafe, das bringt uns die Zeit. Nie wieder Zweisamkeit, denn ich scheiß' auf mein Herz. Das einzige Gefühl für die Zukunft bleibt Hass oder Schmerz. Und jetzt gib mir die Drogen und leg mir 'ne Line. So grausam kann das fucking Leben sein!

ICH MACHE LIEBER BLAU Inzwischen habe ich eine Lehrstelle als Koch in einer sozialen Einrichtung gefunden. Da sind nur Leute, für die es auf dem normalen Arbeitsmarkt keine Chance gibt. Die meisten haben ihr Leben verkackt, also die komplizierten Fälle. In der dort integrierten Schule kann man alles lernen, Schreiner, Metzger, egal was. Ich habe mich für Koch entschieden und arbeite in der Kantine. Das ist eigentlich mein Traumberuf, weil ich gerne esse und koche. Mein Vater bügelt mir sogar jeden Tag die Kochjacke. Allerdings bin ich extrem genervt von dem Job, obwohl alles super läuft. Ich muss jeden Morgen früh aufstehen und mit dem Zug hinfahren. Darauf habe ich absolut keinen Bock. Ich glaube, ich verkacke es gerade. Lieber kiffe ich und hänge mit meinem Kumpel ab. Das geht nun aber erst ab 15 Uhr. Also sitzen wir meistens bis in die Nacht im Keller und kiffen. Daher bin ich jeden Morgen total zerstört. Auf dem Weg zum Zug rauche ich einen kleinen Joint. Manchmal verpasse ich den Zug, und wenn ich dann in der Kantine ankomme, bin ich doppelt kaputt. Mein Chef ist echt korrekt und verständnisvoll, obwohl es in der Küche natürlich in einem rauen Ton zugeht. Aber die wissen, dass sie mit Idioten zusammenarbeiten. Wir sind zwanzig Leute und werden jeden Tag in Gruppen eingeteilt. Ich finde es gut, dass uns dann auch die Verantwortung für die eigene Aufgabe, das Kochen nach Rezept, übertragen wird. Man kann dort schon sehr viel lernen. Grundsätzlich gefällt es mir auch. Immer, wenn ich da bin, arbeite ich gerne und gut. Allerdings mache ich einfach zu viel blau.

DAS SCHWARZE SCHAF O Tannenbaum, o Tannenbaum ... Da saßen sie alle aufgereiht um die lange, festlich gedeckte Tafel. Meine liebe, überaus gutmütige Oma freute sich wie immer über ihre Familie. Armin, der zweitjüngste Bruder meines Vaters, stach mit seinen roten Haaren aus der Runde heraus. Er war Metzger, hatte eine recht schüchterne brasilianische Frau geheiratet und einen kleinen vierjährigen Jungen, der wild um den Tisch sprang. Sein Vater war bekannt für seinen ausgiebigen Alkoholkonsum und schaute uns mit seinen glasigen Augen an.

Mein Patenonkel, der jüngste Bruder, wohnte noch im Haus seiner Mutter. Thomas war verhältnismäßig cool. Ein lockerer Typ, der stets hübsche Frauen am Start hatte. Auch dieses Mal lenkten mich die Brüste seiner Begleitung vom restlichen Geschehen ab. Eine hübsche blonde Russin in hautengem Outfit. Wer würde da nicht glotzen? Thomas strahlte. Ist er doch meistens in Feierlaune. Gestern kam er gerade von einem Skiurlaub zurück und erzählte stolz davon.

Peter, der älteste Bruder, fühlt sich als ganz große Nummer. Sein Handwerksunternehmen bringt ihm fettes Geld ein. Deshalb baute er sich bald ein brutales Haus. Mir scheint das allerdings zu perfekt: perfekter Vater, perfekte Familie mit drei Kindern und dann noch dieses Haus mit Pool im Garten. Meine Cousinen sind dreiundzwanzig und fünfundzwanzig Jahre, mein Cousin zwölf Jahre alt. Die Mädels brachten ihre Partner und die dazugehörigen Kinder mit. Diese wollten nicht am Tisch sitzen bleiben und umringten immer wieder ihren großen Cousin, den sie sehr bewundern. Dem allerdings gingen sie damit meistens gewaltig auf die Nerven.

Meine Schwester Tanja setzte sich mit einem kurzen und desinteressierten Blick in die Runde an den Tisch. Sie lebt zurzeit bei meiner Tante, weil meine Mutter mit ihr und ihren Launen nicht mehr zurechtkommt. Man spricht Tanja besser nicht an, weil sie schwer zickig ist.

In diesem irren Haufen waren wir nun gelandet und sollten uns alle gesittet unterhalten. Darauf hatte ich jedoch keinen Bock.

Ich fühle mich in dieser Familie schon lange nicht mehr wohl. Alle sind auf ihre Art und Weise zufrieden mit ihrem Leben und haben etwas erreicht.

Bei unserer Ankunft wurde uns große Beachtung geschenkt.

Ich hoffte, dass niemand meinen Vater auf sein breites Pflaster am Kopf ansprechen würde. Ich fürchtete mich vor der Frage, was meinem Vater zugestoßen sei.

Doch das ließ natürlich nicht lange auf sich warten. Ausgerechnet Peter meinte grinsend: »Was hast'n du da bloß gemacht?«

Mir schlug das Herz bis zum Hals. Doch die Antwort meines Vaters war genauso, wie ich sie mir erhofft hatte.

»Ich habe mir den Kopf an der Schranktür angestoßen. Nicht weiter schlimm. 'Ne kleine Platzwunde. Glotzt nicht so!«

Ich war erleichtert und dachte: »Super gemacht, Papa.« Gesagt habe ich aber ganz frech: »Manchmal bist du ein echter Schussel.«

Ohne Peinlichkeit war die Situation für mich gerettet.

Trotzdem ärgere ich mich über die Feigheit meines Vaters.

Wie immer bemühte sich mein Vater auch an diesem Weihnachtsmittag, alles in Ordnung scheinen zu lassen. Was mit uns sehr schwierig war. Und wieder wirkte er total überfordert. Wie sonst auch. Entweder er will etwas nicht sehen oder er vertuscht es vor sich und vor uns allen. Meinem Vater war dieser ganze Weihnachtsmittag im Haus meiner Oma unangenehm. Obwohl er nur arbeitete, hatte er mit der Scheidung Haus und Familie verloren. Nun lebt er mit seinem Problemkind in einer kleinen Wohnung und schläft auf einer Ausziehcouch. Mit einer heilen Welt kann er hier wirklich nicht glänzen.

Meinem Vater ist so vieles peinlich an mir. Verzweifelt ermahnt er mich tagein tagaus: »Wenn das jemand mitbekommt. Du blamierst mich vor der ganzen Welt. Wenn Arbeitskollegen mitbekommen, was du für einen Scheiß machst. Was sollen die Leute über uns denken?« Oft fragt er: »Wo soll das noch enden?«, wenn seine Erziehungsversuche nicht fruchten.

Weihnachten ist jedes Jahr das Höchste. Endlich sitzt wieder die ganze Familie zusammen. Tradition bleibt wichtig. Allerdings hofft mein Vater von Jahr zu Jahr vergeblich, dass sein Sohn sich heute mal benehmen wird, dass er sich mit den Leuten unterhält und nicht wieder zugedröhnt rumsitzt. Seine Brüder ahnen sicherlich etwas. Aber vom Ausmaß unserer Probleme haben sie keine Ahnung.

Mit ekelhaft lautem Lachen als Soundtrack ging es an der Weihnachtstafel über Mittag weiter. Jeder schlug sich den

Bauch fast bis zum Kotzen voll. Die schienen alle so perfekt, so glatt, nach dem Motto: »Die Sonne scheint mir aus dem Arsch«, einfach ekelhaft. Ich war jetzt schon rundum genervt von denen.

Eingezwängt saß ich zwischen meinem Cousin Christoph und meiner Schwester, neben ihr mein Vater, gegenüber Thomas. Allerdings konnte ich mich kaum auf eine Unterhaltung konzentrieren, da die Riesenbrüste seiner Russenfreundin mich ständig anglotzten. Die Frau war extrem heiß. Ich genoss den Anblick, versuchte mich aber darauf zu konzentrieren, Thomas' Fragen zu beantworten, ohne dass meine Blicke zu lange auf ihren Brüsten haften blieben.

Thomas wollte wissen, wie es mit der Ausbildung läuft. Ich sagte, dass alles super läuft. Genau das wurde hier erwartet.

Thomas ging mir mit seiner Fragerei mächtig auf den Sack. Überhaupt nervte mich die ganze oberflächliche Laberei mit der Familie. Auch mit Christoph, der neben mir saß, habe ich null gemeinsam.

Er ist in meinen Augen ein Idiot. Allein schon seine Fragen!

»Oh, du lernst Koch?«

»Ja, mache ich.«

»Dann kannst du ja das Essen von der Oma beurteilen.«

»Ja«, gab ich knapp zurück, gedacht habe ich allerdings: »Halt's Maul, du Wichser.«

Kaum war wieder Ruhe, zischte mein Vater um die Ecke: »Was is'n los mit dir. Rede doch mal mit den Leuten.«

Ich wollte von den ganzen Idioten in Ruhe gelassen werden. Mir war alles scheißegal. Meine Schwester neben mir nervte mich allein schon vom Hingucken. Sie war wieder dabei, ihr Essen auszusortieren. Aus dem Hauptgang fischte sie die Zwiebeln heraus, weil sie die nicht mochte. Sie isst sowieso meist nur die Hälfte auf ihrem Teller. Wie immer fragte sie mich, nachdem sie lustlos im Essen rumgestochert hatte, ob ich ihren Teller leer essen wollte. Und wie immer habe ich ihre Reste vom Hackbraten und den Klößen mitgegessen. Ich war sowieso noch schwer angeschlagen von meinem Ausraster gestern Abend. Heute Morgen hatte ich, kurz bevor mein Vater kam, am Dachfenster einen Joint geraucht, um mich für das bevorstehende Treffen zu beruhigen. Deshalb musste ich mir nun alles Mögliche reinschieben. Ich wollte mich runteressen, damit ich nicht mehr so dicht und wieder halbwegs normal war. Umso mehr nervte mich die uninteressante Scheiße, die um mich herum gelabert wurde.

Es kam noch härter, als mein Cousin vorbildlich auf der Flöte ein Weihnachtslied vorspielte. Wie jedes Jahr sangen wir alle zusammen Weihnachtslieder. Ich habe wieder mal nur meine Lippen dazu bewegt, weil ich keinen Bock hatte. Am liebsten hätte ich die alle in Grund und Boden gerappt. Da hätten die ganz schön geglotzt. Das einzige Weihnachtslied, das gegangen wäre, war das von Sido. Aber das hätte ich hier nicht rappen dürfen.

Von wegen »besinnliche Weihnachtszeit«. Endlich habe ich die Scheiße hinter mir. Ich kann es einfach nicht leiden, dieses künstliche Rumgeschleime. Alles ist toll, alle haben sich lieb, und alle sind glücklich. Die Wahrheit sieht leider meistens anders aus. Natürlich freute ich mich, meine Oma wiederzusehen. Aber dieses Friede, Freude, Eierkuchen geht mir echt auf die Eier. Vor allem nach dem, was mit meinem Vater passiert ist. Gott sei Dank habe ich jetzt für einige Zeit mal wieder meine Ruhe. Oder wer weiß, was jetzt noch kommt. Ob diese Aktion mit meinem Vater noch ein Nachspiel hat. Oder wie überhaupt alles hier so weitergeht. Ich lebe täglich ins Ungewisse hinein.

SCHÖNE BESCHERUNG Ich bin immer noch erschrocken über mich selbst wegen dem, was ich meinem Vater angetan habe. Da bin ich ja voll ausgerastet. Dabei war ich noch nie ein Schlägertyp. Im Gegenteil, ich setze mich eher für Schwächere ein. Ich kann es nicht ertragen, wenn Stärkere gegen Schwächere gehen. Ich erinnere mich an eine Aktion aus meiner Grundschulzeit. Öfter hatte ich schon beobachtet, wie Xenia gehänselt und gemobbt wurde. Sie war nicht gerade hübsch, vielmehr dick und ungepflegt, doch sehr, sehr lieb und immer freundlich. Sie kam aus ärmeren Verhältnissen und war schlecht angezogen. Aber trotzdem kein Grund, so sah ich es, Xenia jeden Tag zum Weinen zu bringen. Max, ein Klassenkamerad, spielte sich besonders groß auf. Er hasste Xenia.

Als ich an jenem Morgen um die Ecke bog, sah ich, dass sich Max schon wieder vor ihr aufgebaut hatte, um ihr den Weg abzuschneiden. Xenia saß in der Falle und heulte. Ich wurde so richtig wütend.

»Wie kann man nur jemand Schwächeren so fertig machen. Du kleiner Pisser«, schoss es mir durch den Kopf. Jetzt würde Max sein blaues Wunder erleben.

»Ey, hör' sofort auf, du Spast«, schrie ich ihm schon von weitem entgegen.

Er drehte sich zu mir um und grinste: »Was willst'n? Die Tussi heult immer gleich. Ich mach doch gar nichts.«

Als ich vor ihm stand, schaute ich in seine kalten Augen, die sich über Xenias Tränen amüsierten. Er wandte sich demonstrativ von mir ab und hänselte Xenia weiter: »Kleine, fette Heulsuse.« Das Mädchen war völlig fertig. Die Tränen liefen ihr über das Gesicht und tropften auf das viel zu kleine, verwaschene T-Shirt. Sie japste nach Luft und schaute mich verzweifelt an.

»Zum letzten Mal, Max, hör sofort auf! Lass sie in Ruhe!«, forderte ich ihn auf. Das beeindruckte ihn nicht und hielt ihn schon gar nicht davon ab, Xenia weiter fertigzumachen. Als ich ihn schubste, schaute er mich kurz dumm an, ohne von Xenia abzulassen. Ich nahm einen Stein, der vor mir auf dem Boden lag, und schlug ihm damit in seine hässliche Visage. Er hatte eine fette Platzwunde, und das Blut tropfte auf den Schulhofboden. Max heulte wie ein kleines Mädchen.

Doch das Blut, wie es so über sein Gesicht lief, schockte auch mich.

»Scheiße, das war zu hart«, dachte ich mir. »War das zu viel für diesen Vollidioten? Nein, er hat es verdient. Zu Recht habe ich ihn geschlagen. Er wird Xenia nun in Ruhe lassen«, überlegte ich gerade, als schon der Aufsichtslehrer angerannt kam.

Das konnte mir wenig anhaben. Xenia hatte aufgehört zu weinen. Sie lachte sogar ein wenig. Ich fühlte mich wie ihr Retter auf dem weißen Pferd.

Zurückblickend kann ich sagen, dass es ihm recht geschah. Irgendwann musste einer kommen und diesen Spast stoppen. Man kann so lange Faxen machen, bis man an den Richtigen gerät, der diesen ein Ende setzt. Und das war ich an diesem Tag. Doch das sah damals keiner so.

Als der Krankenwagen kam, Max von den Rettungskräften versorgt wurde und sie ihn später mitnahmen, reihten die anderen Schüler sich drumherum auf. Ich beobachtete die Szene aus dem Fenster des Direktorenbüros. Ich konnte von da aus auch Xenia sehen, die sichtlich zufrieden war.

Den Stolz auf meine Heldentat wollte der Direktor nicht teilen. Ich bekam richtigen Ärger. Schon als er durch den Türrahmen stampfte mit seinem karierten Anzug, den er jeden Tag anhatte. Sein ekelhafter Schnauzer wippte auf und ab, als er laut bellte: »Was hast du schon wieder angestellt? Dieses Mal wird es Konsequenzen haben! Deine Mutter ist auf dem Weg.«

Das machte mir wenig Angst. Ich dachte: »Alter, warum hörst du nicht, was ich sage? Max hat Xenia gequält. Ich habe ihre Qual beendet. Dafür solltest du mir dankbar sein!«

Doch der Direktor zeigte keinerlei Verständnis. Meine letzte Hoffnung war meine Mutter. Sie wusste, wie nah es mir ging, dass Max Xenia jeden Tag peinigte.

Als meine Mutter schließlich in dem Zimmer mit den staubigen Holzmöbeln vor seinem übervollen Schreibtisch ziemlich eingeschüchtert saß, knickte sie ein und entschuldigte sich. Sie versicherte, dass so etwas nie wieder vorkommen würde.

Ihr Gequatsche ging mir auf die Nerven. Ich habe nur das

Jesuskreuz an der Wand betrachtet und gedacht: »Selbst der wäre jetzt auf meiner Seite.«

Zu mir sagte sie später, dass ich so etwas zwar nicht machen dürfe, sie es jedoch verstünde.

Seitdem wurde Xenia nicht mehr belästigt. Max kam am nächsten Tag etwas kleinlaut mit einem Pflaster in die Schule.

Immer diese Pflaster am Kopf!

Das Ergebnis war allerdings, dass ich auf Wunsch des Direktors und der Lehrerschaft zum Kinderpsychologen musste. Aber was sollte der schon machen? Mein Intelligenztest kam zu einem überdurchschnittlichen Ergebnis. Also fiel denen nichts anderes ein, als zu sagen, dass ich in der Schule unterfordert sei. Das Allheilmittel für solche Unruhestifter war zu dieser Zeit Ritalin.

ICH BIN NICHT NETT Die Musik und vor allem Hip-Hop bedeuten mir sehr viel. Seit meinem zwölften Lebensjahr ist es ein wichtiger Bestandteil in meinem Leben. Bei Viva und MTV schaute ich mir immer die neusten Musikvideos an. Ich fühle die Musik einfach. Hip-Hop hat mich durch die letzten Scheißjahre begleitet. Früher habe ich mir in der Bücherei die CDs ausgeliehen und auf Kassette aufgenommen. Heute klaue ich sie mir.

Ich schreibe auch eigene Texte und bastle Beats. Mein Konfirmationsgeld durfte ich nach langem Hin und Her mit meinen Eltern für einen Plattenspieler, ein Mischpult und ein Mikrofon ausgeben. Also sitzen wir oft bei meinem Kumpel, bauen eigene Beats, schreiben Texte und nehmen Drogen. Ich liebe diese Musik einfach. Ich bin der Krasseste. Ihr könnt euch alle ficken. Egal, wie dreckig es mir geht. Hip-Hop ist mein Ventil. Ich kann alles rauslassen und kreativ sein.

> Deine Rippen verstaucht,
> deine Nase gebrochen, dein Kiefer auch
> und deine Visage zerstochen.

Mit zwei Freunden gründete ich eine Graffiti-Crew. Wir sind die HCC. Das steht als Abkürzung für Hardcore-Crew. Oft sind wir stundenlang unterwegs und besprühen in unserer Stadt Züge und Häuserfassaden. Keiner von uns kann besonders gut malen. Daher sprühen wir vor allem Schriftzüge. Es ist einfach geil, wenn man an seinen Bildern vorbeiläuft und keiner weiß, dass wir es waren. Einen dicken Edding habe ich auch immer dabei und tagge damit bei jeder Gelegenheit alles zu, was mir in die Quere kommt.

MIT DER FAUST DURCH DIE WAND Die letzten vierzehn Tage habe ich krank gemacht. Ich schlug so lange mit der Faust gegen die Wand, bis meine Hand geprellt war. Der Arzt meines Vertrauens schrieb mir sofort für zwei Wochen einen gelben Schein. Doch ich traute mich nicht, anzurufen und die Krankmeldung abzugeben. Das war zu viel. Und zack war die Kündigung bei uns im Briefkasten.

Kapitel 2

Der Abgrund

DAS FASS LÄUFT ÜBER Kiffen, kiffen, kiffen, die Handgreiflichkeiten meinem Vater gegenüber und dann der Rausschmiss bei der Ausbildungsstätte – das war zu viel. Mein Vater sagte meiner Mutter, dass er es mit mir auch nicht schafft. Denn das checkt er mittlerweile. Vor kurzem fand ich nur 100 Euro in seinem Geldbeutel und habe mir trotzdem 50 Euro genommen. Seitdem weiß er definitiv, dass ich ihn beklaue. Neulich kam ich von der Arbeit und wollte mit ihm zu Abend essen.

Plötzlich fing er an: »Daniel, komm mal her. So geht es nicht mehr weiter. Ich muss mit dir reden.«

»Was ist los?«

»Wo sind die 50 Euro aus dem Geldbeutel?«

»Was willst du überhaupt von mir?«

»Daniel, da waren 100 drin. Jetzt nur noch 50. Du hast mich beklaut.«

»Glaubst du den Scheiß, den du redest?«

»Ich bin so enttäuscht von dir. Das hat Konsequenzen.«

Die Aktion brachte das Fass zum Überlaufen. Mein Vater meinte, ich sollte wieder zu meiner Mutter. Sie war damit aber nicht einverstanden. So kapitulierten meine Eltern und beschlossen, mich ins Heim für schwererziehbare Jugendliche zu stecken. Mein Vater sagte mir heute, dass wir nächste Woche einen Termin mit der Frau vom Jugendamt hätten, um zu klären, wie es weitergeht.

DU KOMMST INS HEIM Heute saßen wir erneut mit der grässlichen Frau vom Jugendamt zusammen. Alle waren stumm. Die Entscheidung war schon im Vorfeld gefallen, denn sie erklärte: »Daniel, der Versuch, dass sich dein Verhalten bei deinem Vater ins Positive wendet, ist gescheitert. Du hast deine Ausbildungsstelle verloren. Du beklaust deinen Vater, und es kommt zu Gewaltausbrüchen. Deine Eltern haben jetzt die Entscheidung getroffen, dass du ins Heim kommst. Ich habe einen Platz für dich gefunden. Du kannst dort nächste Woche einziehen.«

Ich brach in Tränen aus, hatte große Angst, war traurig und dachte: »Sie machen ihre Drohung wirklich wahr.« Für mich war diese Entscheidung die Hölle, und ich fragte mich: »Welche Leute erwarten mich da?« Trotzdem liebte ich meine Eltern und war immer schon ein Familienmensch. Ins Heim wollte ich auf keinen Fall.

Ich habe keinen Ton mehr rausbekommen und konnte nur noch heulen wie ein kleines Kind.

Wohin komme ich jetzt? Wie ist es da? Der letzte Glaube an die Familie war erloschen. Meine Jugend war versaut, und jetzt geben mich meine Eltern auch noch weg.

Meine Mutter brach in Tränen aus. Mein Vater ging hin und her. Er hatte schon immer die Angewohnheit, bei Schwierigkeiten im Zimmer auf und ab zu laufen. Das tat er unermüdlich, vom Wohnzimmer in die Küche und zurück. Zwischen jedem Gang hat er einen Schluck von seiner Weißweinschorle genommen.

»Was seid ihr nur für Eltern?«, mir fiel nichts Besseres mehr ein.

»Du hattest tausend Chancen. Wir wissen nicht mehr, was

wir machen sollen, Daniel.«, schniefte meine Mutter. »Wir machen das nur zu deinem Besten.«

Da mischte sich die Frau vom Jugendamt ein: »Daniel, sieh es als deine Chance. Da sind viele Leute, die dir helfen. Und dich auf den richtigen Weg bringen können.«

Ich weiß allerdings, dass da drin krasse Jungs aus ganz Deutschland wohnen. Mein Umfeld ist zwar schon kriminell, aber wer wird mich da erwarten? Sind die da alle behindert und asozial, oder sind das coole Leute?

Ab sofort ist mir alles scheißegal. Jetzt mache ich was ich will. Ab sofort gibt es keine Grenzen mehr. Ich brauche einen Masterplan für die nächste Zeit. Schlimmer kann es jetzt eh nicht mehr kommen: Heim oder Knast? Wo liegt da der Unterschied?

ABGESCHOBEN Heute war es so weit. Ich bin in mein neues Zuhause eingezogen. Von wegen Zuhause. Ich wurde abgeschoben von meiner eigenen Familie in eine Einrichtung für schwererziehbare Jugendliche. In der großen Wohnung befinden sich die Aufenthaltsräume und die Küche. Im oberen Stock liegen die Zimmer für uns Jugendliche. Zwei Betreuer sind immer anwesend.

Meine Mutter brachte mich heute Morgen mit dem Auto hin. Wir frühstückten noch zusammen wie eine Familie, die keine mehr ist. Mir kommt alles wie Heuchelei vor. Die letzten zwei Tage war ich bei meiner Mutter, weil ich mit meinem Vater nichts mehr zu tun haben will. Auf der Autofahrt brachte ich kein Wort raus. Mir liefen die Tränen über das Gesicht. Meine

Mutter weinte auch und sagte: »Daniel, das ist deine Chance. Streng dich an.«

»Ich mache gar nichts.«

Der Leiter der Außengruppe, der übertrieben freundlich war, nahm uns in Empfang: »Hallo, du musst Daniel sein.«

»Geht dich einen Scheißdreck an. Ich hab' keinen Bock. Ich will hier nicht hin.«

»Die sind alle ganz nett hier.«

Anschließend hat er uns die Räumlichkeiten gezeigt. In der Küche saßen die anderen Jugendlichen beim Frühstück. Alles war fremd. Das wird niemals mein Zuhause werden. Ich kann meine Tränen immer noch nicht unterdrücken. Dann zeigte mir der Sozialarbeiter das karg eingerichtete Zimmer. Nur ein Bett, ein kleiner Tisch mit einem Röhrenfernseher und ein Kleiderschrank, das ist alles. Lieblos, herzlos und altmodisch eingerichtet.

Meine Mutter darf ab sofort für vier Wochen keinen Kontakt mehr zu mir haben. Das wird sicher nicht klappen. Sie sagte mir schon, dass sie mir Essen und Getränke vorbeibringt.

Heute nahm meine Mutter mich noch einmal in den Arm und sagte, dass sie mich liebt. Das war es. Jetzt sitze ich hier in einem fremden Zimmer mit fremden Menschen in einer fremden Umgebung und fühle mich wie im Gefängnis: »So sieht es also aus, wenn man keinen mehr hat, keine Schwester, keine Mutter und keinen Vater. Habe ich mein Leben verkackt? Oder haben meine Eltern alles verkackt? Sind Kinder nicht so, wie sie es werden sollen in ihrem Umfeld? Ich wollte auf jeden Fall nicht so werden. Aber jetzt bin ich so. Nun bin ich hier in diesem Loch. Lauter Jungs, die genauso ticken wie ich. Hier soll ich mich verbessern? Hier soll ich einen geraden Weg einschlagen? Mit lauter Verbrechern um mich rum? Wer glaubt diese Scheiße?

ALLEIN, ALLEIN Fuck! Nun ist es wirklich passiert. Ich höre noch meine Mutter sagen: Daniel, bald kommst du ins Heim. Hier sitze ich nun in diesem hässlichen Zimmer. Niemals hätte ich geglaubt, dass sie ihre Drohungen wahr machen. Jetzt bin ich allein. Nur ein glatzköpfiger Sozialarbeiter und lauter kleine Assis, die genauso ticken wie ich. Hier soll ich ein anständiges Leben beginnen? Na klar, ich werde jetzt bestimmt Lehrer. Wieder wird mir bewusst, dass die alle einfach keinen Plan haben. Das ist der Anfang vom Ende. 20 Euro Taschengeld jeden Freitag. Das brauche ich jeden Tag zum Kiffen! Jetzt habe ich eh nichts mehr zu verlieren. Mir ist alles scheißegal! Lassen wir die Spiele beginnen. Mal sehen, wie lange die mitspielen! Ab jetzt klauen, verkaufen, Drogen kaufen und Drogen verkaufen!

Außer Klamotten, einem Discman und CDs besitze ich nichts mehr. Meine Musikanlage und mein Mischpult musste ich bereits für Drogen verkaufen. Der erste Tag zieht sich wie Kaugummi, und ich bin sehr einsam. Vorhin sollte ich für das Abendessen mit den anderen den Tisch decken. Die anderen haben mich alle komisch angeschaut. Als wäre ich von einem anderen Planeten. Jason aus Hamburg hat ein wenig mit mir geredet. Er steht kurz davor, seine eigene Wohnung zu bekommen. Der Glückliche. Von ihm habe ich dann auch gleich erfahren, dass man ganz oben im Bad am Dachfenster kiffen kann, ohne dass es auffällt. Nach dem ersten Joint ging es mir dann etwas besser.

WIE EIN RABE Tatsächlich versorge ich mittlerweile die ganze Wohngruppe mit Gras. Anstatt Geld von meinem Vater klaue ich jetzt Parfüm, Computerspiele, Klamotten und Zigaretten. Diese verkaufe ich zu einem guten Preis. Von dem Geld hole ich Drogen, die ich dann wieder teurer unter die Leute bringe. So verschaffe ich mir Respekt im Heim. Ein Kumpel von mir wohnt eine Straße weiter. Dort besorge ich mir das Gras. So komme ich finanziell klar. Deshalb kann ich auch großzügig sein bei meinen Kumpels. Ich habe eh nichts mehr zu verlieren.

Außerhalb vom Heim merke ich, dass die Leute immer weniger Kontakt zu mir haben wollen. Die Mamas und Papas meiner alten Freunde haben Heimkinder nicht so gerne im Haus. Das lassen sie mich spüren.

Was ist Familie? Was ist Liebe? Was ist Freundschaft?

Ich bin umgeben von Sozialtherapeuten, die mir auf die Eier gehen. Auf jeden Fall herrschen hier klare Regeln. Ob ich mich daran halte, sei dahingestellt. Morgens werden alle geweckt, abends gibt es Abendessen. Um 19 Uhr – auch am Wochenende – müssen wir in der Einrichtung sein. Keine Partys, kein Spaß mit Kumpels, sondern ausschließlich in diesem scheiß Loch sitzen und darauf warten, ob irgendetwas besser wird.

MARIHUANA Morgens nach dem Frühstück rauchen wir »Eimer« an einer Wassertonne in einem benachbarten Garten.

Also wir ziehen Gras durch eine abgeschnittene Flasche und atmen den Rauch ein. Das schlägt am frühen Morgen ganz schön rein. Völlig high geht es dann gemeinsam in den Bus Richtung Einrichtung, in der viele Betriebe wie Bäckerei, Malerei, Schlosserei, Metzgerei und auch eine Autowerkstatt integriert sind. Dort mache ich ein Praktikum als Mediengestalter, zumindest auf dem Papier. Plakate und Flyer entwerfen hört sich erst einmal gut an. Aber das geht nicht lange gut. Ich darf dort nichts machen, außer meine Zeit abzusitzen. Günstig ergab sich, dass der Oberlehrling der Bruder eines Kumpels ist und mir sowieso sagt, dass ich machen kann, was ich will. In der Pause kiffen wir dann auf dem Speicher von der Jugendeinrichtung.

UND TSCHÜSS Es musste ja passieren. Heute flog ich im hohen Bogen aus der Einrichtung. Irgendwie finde ich es gut. Warum? Ich wollte mit einem Kumpel aus dem Heim, den ich gleich am ersten Abend kennenlernte, eine größere Menge Drogen organisieren, um sie am nächsten Tag in der Einrichtung zu verkaufen. Leider hat das im Bus irgend so ein Spast mitbekommen und uns beim Direktor verpfiffen. Damit bin ich endgültig aus dem Heim geflogen.

DER ABSCHLIESSENDE BERICHT SAGT ALLES:

»Die familiäre Situation bot Daniel nicht mehr genügend Sicherheit, sich altersgemäß entwickeln zu können, und die ständigen Konflikte zwischen den geschiedenen Eltern, die sich wiederum im Zusammenleben mit den Kindern spiegelten, veranlassten eine stationäre Unterbringung.

Daniel fand sofort Anschluss an die Gruppe. Er war recht unabhängig und selbstständig, was seine Freizeitgestaltung anging. Er zog andere Gruppenmitglieder mit und stellte sie seinem Bekanntenkreis vor. Er eröffnete unseren Jugendlichen noch nicht bekannte Möglichkeiten, an Kontakte und Drogen zu kommen. […] Eine Beziehungsarbeit oder ansatzweise pädagogische Arbeit war nur sehr begrenzt möglich. Außerdem akzeptierte er nur mit viel Nachdruck die Gruppenregeln. Vereinbarungen versuchte er zu umgehen, indem er seinen Charme einsetzte und sich in außerordentlichen Situationen hilfsbereit zeigte. […]

Daniel hatte in den Wochen, die er in unserer Wohngruppe war, regelmäßig Kontakt sowohl zu seiner Mutter als auch zu seinem Vater. […] Eine räumliche Trennung war hier nicht gegeben, auch konnte Daniel sich nicht ausreichend von seinen Eltern distanzieren, weil ständig ein Elternteil anwesend war.

Während dieser Wochen versuchte Daniel, sich Drogen zu beschaffen und diese zu verkaufen. […] Daniels Drogenkonsum konnten wir in der kurzen Zeit nicht reduzieren. […]

Die Erziehungsmaßnahme wurde abgebrochen, weil Daniel kein Problembewusstsein zeigte. Er suchte weiterhin regelmäßig Kontakt zu seinem Freundeskreis und zeigte keinerlei Ambitionen, sich davon zu distanzieren. Die Konflikte, die sonst im Elternhaus stattfanden, wurden nun in der Wohngruppe ausgelebt. Es kam zu Handgreiflichkeiten der Mutter gegenüber ihrem Sohn während eines Gruppenabends. Die räumliche Nähe der Eltern und der soziale Brennpunkt/Freundeskreis ließen ihm keine Möglichkeit, Abstand zu seinem bisherigen Leben zu nehmen und eine neue Lebensperspektive aufzubauen. Dazu kam sein hoher Drogenkonsum, der nur mit einer Entgiftung reduziert werden könnte.

Die Eltern leiten eine Entgiftung ein.«

OHNE FESTEN WOHNSITZ Jetzt stehe ich vor der Entscheidung, entweder ich gehe in die Obhut des Jugendamtes oder werde obdachlos. Ich entscheide mich für das zweite, ihr

Pisser. Heute schlafe ich noch einmal bei meiner Mutter. Dann mache ich mich aus dem Staub. Ich habe keinen Bock, in das nächste Loch zu kommen. Das bedeutet, erst einmal untertauchen und ab in den Keller zu meinem Kumpel auf das Reisebett. Das habe ich damals in den Keller gestellt zum Draufsitzen. Und wenn es dort nicht klappt, finde ich schon irgendeinen Kumpel, bei dem ich übernachten kann.

IM FREIEN FALL NACH UNTEN Nun sitze ich in der Klapse. Ich hatte einfach keinen Bock mehr, mal hier und mal da zu pennen. Deshalb nahm ich meinen ganzen Mut zusammen und klingelte bei meiner Mutter. Die Tür ging auf, und sie brach in Tränen aus. »Hallo, Mümmelmann. Wir haben dich überall gesucht. Komm rein. Willst du was essen? Willst du was trinken? Wie läufst du denn rum!«

Der »Mümmelmann« ist back. Inzwischen eher ein Assi-Penner, aber er ist back. Irgendwie habe ich mich endlich mal wieder daheim gefühlt. Mein Stiefvater hat kein Wort mit mir gesprochen. Ich kann ihn auch verstehen. Ich habe sein gemütliches Leben echt ungemütlich gemacht. Vorher kinderlos und sorgenlos. Heute eine Frau mit zwei schwer erziehbaren Kindern an der Backe. Aber du hast es dir so ausgesucht. Dafür darfst du mit meiner wundervollen Mutter zusammen sein. Ich ging in mein altes Zimmer und pennte mich erst einmal fett aus, nachdem ich den halben Kühlschrank leer gefressen hatte. Ich war inzwischen nur noch Haut und Knochen. Wie soll es nur weitergehen? Ich habe jetzt mit meiner Mutter ausgemacht, dass wir über alles sprechen und eine Lösung finden.

Zurück zum Vater? Niemals! Zurück zur Mutter? Da spielt mein Stiefvater nicht mit. Und ich habe auch keinen Bock. Zurück ins Heim? Die wollen mich Gott sei Dank nicht mehr. In die Hände des Jugendamtes? Fuck you! Die Alte kann mich so richtig am Arsch lecken! Ich war gespannt, was sich meine Mutter für einen Plan ausgedacht hatte.

Am nächsten Tag gab es erstmal ein extra fettes Frühstück. Danach ging ich eine Runde um den Block. Natürlich nicht um zu spazieren, sondern um einen dicken Joint zu rauchen. Meine Mutter wusste das auch. Was hätte sie denn schon sagen sollen? Schlimmer geht nimmer! Meine Mutter saß auf der Couch und sagte, ich solle zu ihr kommen. Ich war gespannt auf ihren Deal. Sie erklärte mir, dass sie eine Wohnung im Dorf für mich in Aussicht hat. Vorher soll ich aber eine Entgiftung machen. Das hat mein Kinderarzt mit ihr besprochen. Ich dachte mir nur: Fuck, was soll das denn? Hänge ich an der Nadel oder gönne ich mir ab und zu mal einen Joint und eine Nase? Aber egal. Der Deal war mega und darum habe ich zugestimmt. Natürlich hatte ich keinen Bock auf Entgiftung, aber andere Optionen fielen mir leider nicht ein. Also wieder Tasche und Koffer packen und ab in die Klapse.

AB IN DIE KLAPSE Meine Mutter brachte mich in die Jugendpsychiatrie. Dort sieht es wie in einem Krankenhaus aus. Aber ich weiß, dass es mit einem geilen Ziel verbunden ist, zumal meine Mutter sagt, dass sie schon eine Wohnung für mich gefunden hat. Ich muss nur noch den Entzug durchziehen. Die Medikamente nehme ich auf keinen Fall. Immer, wenn die dicke Schwester mit ihrem Wagen angerollt kommt, lege ich mir die Tabletten unter die Zunge und nehme einen kleinen Schluck Wasser. Sobald sie weitergerollt ist, spucke ich das Zeug ins Klo. Jeden Tag muss ich Urin abgeben. Außer THC sollte da aber nichts mehr drin sein. Vielleicht tut es mir ja gut, nicht jeden Tag zu kiffen. Irgendwie kommt es mir so vor, als ob ich klarer im Kopf wäre. Ich habe in den letzten Tagen auch wieder angefangen, Texte und Gedichte zu schreiben. Vor allem freue ich mich jetzt auf meine erste eigene Wohnung und darauf, mein eigener Herr zu sein. Nach Hause zu kommen, wann und wohin zu gehen, wie ich möchte und eigene Partys zu schmeißen. In einem Block habe ich schon gezeichnet, wie ich die Wohnung einrichte. Außerdem eine Liste mit Dingen, die immer im Haus sein sollten, wie Alkohol, Drogen, Kondome usw. Irgendwie crazy. Das ist mein Lifestyle.

WEISS WIE IM HIMMEL In der Klapse ist alles weiß wie im Himmel. Alle anderen sind älter als ich. Die meisten sind stark heroin- oder kokainabhängig. Irgendwie fühle ich mich hier fehl am Platz. Ich habe ein eigenes Zimmer mit Fernseher und Blick in den Wald. Für eine eigene Wohnung ein paar Tage auf Gras und Alkohol verzichten? Ich bin dabei. Natürlich denke ich oft, wie schön es jetzt wäre, einen gemütlichen Grasjoint zu rauchen. Aber hier kann ich mich gut ablenken. Ergotherapie. Sport. Wir haben sogar einen eigenen Tennisplatz. Tatsächlich habe ich dort mit einem anderen Bekloppten das erste Mal in meinem Leben Tennis gespielt. Die Zeit geht rum wie im Flug. Und die nächste Party ist in greifbarer Nähe. Diesmal in meinen eigenen vier Wänden. Ich habe in der Klapse viel Zeit zum Nachdenken. Wo wird mein Weg hingehen? Ausbildung? Links? Rechts? Weiter auf der schiefen Bahn? Keine Ahnung. Auf jeden Fall habe ich Bock, zu feiern und Drogen zu nehmen.

SCHIEFE BAHN Meine Welt ist kaputt. Ich bin kaputt. Und ich bin ehrlich, mir gefällt es sogar gut auf der schiefen Bahn. Machen, was ich will, ohne mir Gedanken um Konsequenzen zu machen. Natürlich wird es die geben. Aber es ist mir egal. Die letzten Jahre gingen einfach so schnell vorbei. Eben fuhr ich noch mit meinem gelben Spielzeugjeep bei Opa rum und war der Engel für jeden. Kurze Zeit danach wurde ich von den Bullen mit Drogen erwischt. Jugendheim? Klapse? Die Jahre gingen einfach rum wie im Flug. Und ich bin der fucking Pilot auf dem Weg nach unten. Aber keine Angst: Ich habe einen Fallschirm. Muss nur noch schauen, wie er aufgeht.

FAKE FRIENDS Genauso schnell wie mein Leben ging auch die Zeit in der Klapse vorbei. Ich wurde nach drei Wochen entlassen. Natürlich hat sich in dieser Zeit keiner von meinen Freunden gemeldet. Das kannte ich ja schon vom Heim. Am Ende des Tages ist dir dein eigener Arsch am wichtigsten. Das ist nicht meine Einstellung. Aber die der anderen leider schon. Das musste ich in der letzten Zeit schmerzhaft spüren. In der Drogenszene gibt es keine Freunde. Aber ich bin nunmal in dieser Szene. Ich kenne gar keine anderen Leute. Eventuell denken die anderen ja das gleiche über mich. Na ja, ich mache einfach mein eigenes Ding. Und das ab jetzt in meiner eigenen Bude!

Es wartete wirklich eine eingerichtete Wohnung auf mich! Meine Mutter ist einfach die Beste. Sie hat fünfhundert Meter von ihrer eigenen Wohnung eine Zwei-Zimmer-Wohnung angemietet. Der nächste Deal wartet auch schon: »Daniel, kümmere dich um eine Ausbildung.«

ABSCHLIESSENDER BERICHT DER PSYCHIATRIE IN AUSZÜGEN:

»Diagnose:
Cannabisentzugssyndrom

Der Patient hat mit zwölf Jahren zum ersten Mal THC probiert. Seit einigen Jahren nehme er es regelmäßig. Auch andere Drogen habe er schon probiert. Dies sei seine erste stationäre Entgiftung. Er wolle nun von Cannabis entgiften. Zuletzt habe er gestern eine größere Menge geraucht. Gestern habe er auch eine größere Menge Alkohol zu sich genommen.

Therapie und Verlauf:
Es entwickelte sich ein allenfalls leichtgradiges Entzugssyndrom, das wir mit Akupunktur behandelten. Daniel verhielt sich auf Station vorwurfsvoll-ablehnend, seine Stimmung

imponierte teilweise gereizt-aggressiv. Es zeigte sich eine Distanzminderung sowie herabgesetzte Kritikfähigkeit und fordernde Verhaltensweisen. Es fiel Daniel schwer, sich an unsere Regeln zu halten.«

PAPA, WO BIST DU? Zu meinem Vater habe ich keinen Kontakt mehr. Er besuchte mich auch nur einmal in dieser Zeit. Vorher hatte er in der Station angerufen und seinen Besuch angekündigt. Ich habe mich echt gefreut. Er brachte Hefte zum Lesen, Süßigkeiten und Getränke. Wir haben ganz normal gesprochen. Ich war sogar ein wenig stolz, weil ich die Entgiftung konsequent durchzog. Auch wenn es nur ein Mittel zum Zweck war, um meine eigene Wohnung zu bekommen. Wir gingen draußen spazieren und hatten seit langem ein Gespräch ohne Streit. Er hoffte, dass ich mein Leben ab jetzt in die Hand nehme und beteuerte, dass er nur mein Bestes will. Ich sei sein Sohn und er liebe mich. Jetzt hätte ich die Chance, mit den Drogen aufzuhören. Ich habe ihn einfach reden lassen, zwar wahrgenommen, was er sagte, aber nur ja, ja, ja geantwortet. Denn das wollte er hören. Trotzdem ist es mir als ein ganz schönes Gespräch ohne Streit in Erinnerung geblieben.

EIGENE BUDE In der ganzen Entgiftungszeit habe ich mich nur auf meine Wohnung gefreut und die Partys. An meiner Einstellung dem Leben gegenüber hat sich nichts geändert. In meinem Kopf war nur: Ich freue mich darauf, bald ungestört die erste Bong in meiner eigenen Wohnung zu rauchen. Kein scheiß Jugendamt mehr, kein scheiß Heim und keine scheiß Sozialarbeiter. Nein, meine eigene Bude, in der ich machen kann, was und wann ich es will.

Meine Mutter holte mich ab und versprach mir die heiß ersehnte Überraschung. Heute war der Tag der Schlüsselübergabe. Die Nacht hatte ich bei meiner Mutter gepennt. Es gab »rostige Ritter«: Brötchen in Milch eingeweicht, paniert, angebraten und mit Vanillezucker bestreut. Lecker! Ich war super aufgeregt und habe mich mega gefreut. Auch, wenn die Wohnung an die nächste Vereinbarung gekoppelt ist, mir eine Lehrstelle zu suchen. Das sollte kein Problem sein. Ab sofort bin ich der Chef im Haus.

ZWEI ZIMMER, KÜCHE, BAD Es ist eine Zweizimmerwohnung im Erdgeschoss mit einer leeren Kochnische. Ich habe wenige Möbel. Eine Schlafcouch, einen kleinen Tisch, darauf ein alter Röhrenfernseher und einen Schrank, in dem ich meine Lebensmittel unterbringe. Es gibt aktuell sowieso nur 5-Minuten-Terrinen. Alles ist neu gestrichen und der Vermieter ein netter Geschäftsmann aus dem Dorf. Meine Mutter bezahlt die Miete, und ich muss vom Kindergeld, gerade einmal 186 Euro, leben. Ich brauche also dringend einen Job.

MERCI BRO War die Euphorie anfänglich noch groß, so überrollte mich meine ganze Situation nach kurzer Zeit.

Mit dem Geld komme ich nicht hin und muss mir echt was überlegen. Außerdem bin ich einsam. Extrem einsam sogar. Ich habe kaum Freunde, kein Mädchen am Start, den meisten Kontakt nur zu meinem Dealer. Mein bester Kumpel ist sich mittlerweile auch zu fein, mit mir zu verkehren. Er hängt jetzt mit den coolen Jungs ab. Ich bin in seinen Augen ein Drogenopfer. Merci Bro! Im Heim und in der Klapse habe ich gemerkt, wer meine Freunde sind: niemand! In meinen vielen Bekannten finde ich keinen einzigen richtigen Freund. Nun liege ich hier allein rum, kiffe und schaue Fernsehen.

KNARRE AM KOPF Gestern kam ich auf die Idee, einige Drogenfreunde zum Chillen in meine neue Bude einzuladen. Wir haben uns ewig nicht mehr gesehen. Es kamen fünf Leute. Wir haben rumgesessen, Musik gehört, gekifft, gesoffen und dumm gelabert. Was man eben so macht mit Homies. Einer von ihnen hielt sich ziemlich zurück. Der ganze Tisch quoll über von Alkohol, Gras und vollen Aschenbechern. Jochen trank nur wenig Alkohol. Drogen nahm er keine. Irgendwann sind alle eingeschlafen. Ich war im Halbschlaf, als Jochen sich verabschiedete.

Heute Morgen erwartete uns eine böse Überraschung. Das ganze Gras war weg und einem Kollegen fehlten 50 Euro in seinem Geldbeutel.

Was geht ab? Einfach krass.

Jochen hatte uns beklaut. Sofort versuchte ich mehrfach, ihn auf dem Handy anzurufen. Mailbox. Nach dem fünften Mal drohte ich ihm durchs Handy, wenn er bis 12 Uhr das Zeug nicht bringt, kämen wir vorbei und würden es uns holen.

Die anderen waren mittlerweile abgehauen. Ich kümmerte

mich gerade darum, die zerbombte Wohnung aufzuräumen, da klingelte es auf einmal an der Tür. Ich machte auf, Jochen kam rein und grüßte, als wäre nichts gewesen. Ich ließ ihn rein und drehte mich Richtung Zimmer. Da spürte ich von hinten einen harten Schlag auf meinen Kopf. Durch die Wucht flog ich nach vorne. Ich war total überrascht, schaute hoch und wollte auf Jochen losgehen. Kaum war ich wieder auf den Beinen, ging ich ihn an: »Was ist dein Problem, du Wichser?«

Erst da bemerkte ich den zweiten Typen. Ein Typ mit einer Pistole in der Hand, die er im nächsten Moment an meine Schläfe hielt.

»Was ist hier los? Seid Ihr noch ganz normal?«, ich war völlig überrascht.

»Halt besser deine Fresse, sonst kriegen wir ganz große Probleme«, sagte der Typ mit russischem Akzent.

»Hey, was geht ab?«

»Du drohst ihm, er soll um 12 Uhr zu dir kommen? Hier sind wir. Hast du Probleme? Was ist dein Problem?«

»Bleib locker. Der hat uns abgerippt«, sagte ich mit Blick auf Jochen.

»Pass auf, was du sagst. Niemand hat euch abgerippt«, seine Knarre drückte immer noch auf meine Schläfe. »Hast du noch irgendetwas zu sagen?«

Mein ganzes Leben ging mir durch den Kopf. Was passiert hier gerade? Spontan und völlig unüberlegt startete ich einen Angriff nach vorne, um dem Pisser seine Pistole aus der Hand zu schlagen. Das war natürlich eine dumme Idee. Ich vermutete zwar eine Schreckschusspistole, wusste es aber nicht genau. Zuerst hatte ich Glück, und die Pistole flog ihm aus der Hand. Doch dann gingen beide sofort auf mich los. Ich fiel zu Boden. Jochen trat auf mich ein, und der Russe schlug mit dem Kolben der Pistole mehrfach auf meinen Kopf. Als ich am Boden lag und mir das Blut aus der Platzwunde über das Gesicht lief, spuckten Jochen und sein Wodkakumpel noch auf mich. Dann gingen sie. »Krass, ich dachte, dieser Pisser wäre mein Freund.« Ich kenne ihn und seine Familie schon ewig, seine Eltern und seine Geschwister. Wie kann so etwas sein? Er hat mich nicht nur beklaut, sondern mir auch seinen fucking Killer auf den Hals gehetzt. Was für eine Enttäuschung! Für 50 Euro und ein paar Gramm Gras scheißen Menschen auf Freundschaft und Loyalität. Mein Glaube an Freundschaft ist gestorben.

BUTTERFLY Ich bin immer noch total geschockt von der Aktion. Jetzt besorge ich mir zuerst einmal ein Butterflymesser, um künftigen Gefahren besser begegnen zu können. Das Leben, das ich führe, kann auch ganz schnell mal gefährlich werden.

BACKE, BACKE KUCHEN Ich will mein Leben in den Griff bekommen und mir den Arsch aufreißen. Trotzdem besorgte ich mir erst einmal was zu kiffen, um mir eine Bong zu stopfen.

Im Briefkasten lag die aktuelle Zeitung. Beim Durchblättern bin ich auf eine Großbäckerei gestoßen, die Lehrlinge sucht. Das hörte sich cool an, nachts arbeiten und tagsüber Freizeit. Ich ging wieder einmal direkt dorthin und stellte mich so vor, wie ich es immer tat. Ich durfte sofort eine Probewoche absolvieren. Weil ich mit meiner Leistung überzeugte, bekam ich einen Lehrvertrag. Mir gelingt es anfangs immer, Leute von mir zu begeistern. So habe ich mich an die Abmachung gehalten und meine Mutter war glücklich.

BULIMIE Heute habe ich erfahren, dass meine Schwester auch ins Heim gekommen ist. Ich kann es nicht fassen. Wie konnte das alles passieren? Wir waren doch mal eine ganz normale Familie. Mit Haus und Garten und ausreichend Geld. Meine Eltern haben es einfach verkackt. Ob ich sie mal besuchen soll? Aber wie soll ich ihr helfen? Ich bekomme ja selbst nichts auf die Reihe. Sie hat Bulimie und meine Mutter ist überfordert. Ich habe echt Angst um sie. Aber sie wird das schon schaffen. Ich glaube fest daran.

AUTOKNACKER Es dauert noch einige Wochen, bis meine Ausbildung anfängt. Ich brauche dringend Kohle. Ein Fernsehbericht, in dem es um eine Autoknackerbande ging, brachte mich auf eine geniale Idee. Navigationsgeräte soll man nicht mehr im Auto liegen lassen, so der Ratschlag des Moderators. Kriminelle wären in diesem Bereich gerade sehr aktiv. Was die können, kann ich schon lange.

ROTER NOTFALLHAMMER Mein erster Raubzug war erfolgreich. Heute Nacht irrte ich durch die Straßen und schaute, was die Leute so in ihren Autos liegen lassen. Ich war selbst erstaunt und bereit für meinen Einsatz mit dem Nothammer, den ich im Bus geklaut hatte. Gleich beim ersten Auto war die Tür offen. Da lag ein Geldbeutel mit 55 Euro im Handschuhfach. Diesen und das Navigationsgerät habe ich mitgehen lassen: »Krass, wie viele dumme Leute es gibt. Das ist ab sofort mein neuer Nebenjob.«

KEINE ANGST IM DUNKELN Meine nächsten Streifzüge führten mich in reichere Gegenden. Ich suchte mir ein Auto aus, das abseits in einem Feld stand. Mit meinem ganzen Mut schlug ich die Scheibe ein. Mein Herz pochte bis zum Hals. Es war ein alter Mercedes. Die Scheibe zerplatzte komplett. Man hörte es in der ganzen Straße. Ich war selbst heftig erschrocken. Vorher hatte ich mit der Taschenlampe reingeleuchtet und gesehen, dass dort eine große schwarze Tasche lag. Jackpot: eine komplette Tasche. Die nahm ich unter meinen Arm und rannte schnell weg. Aber in die falsche Richtung, ins Feld. Dort stand eine Bank. Es war stockdunkel. Ich wartete zehn Minuten auf der Bank und rauchte eine Zigarette. Die Tasche schmiss ich ins Gebüsch. Es war komplett still. Als ich mit der Taschenlampe in die Tasche leuchtete, fand ich nur stinkige, dreckige Sportklamotten. Fuck, das hatte sich zwar nicht gelohnt, aber es funktionierte, war mein erster Gedanke. Die Tasche ließ ich einfach liegen und ging gemütlich nach Hause.

Am nächsten Tag wollte ich mir mehrere Autos vornehmen.

AN- UND VERKAUF Heute Nacht war ich noch erfolgreicher. Vier Navigationsgeräte und zwei Handys waren meine Beute.

Ich fühlte mich wie der größte Verbrecher der Welt. Es war einfach geil. Ich habe es probiert und es hat sofort funktioniert.

Am Mittag fuhr ich zu dem An- und Verkauf-Laden in die Stadt und legte meine Beute in einer Plastiktüte direkt vor die Nase des ungepflegten Inhabers auf den Tisch des stinkenden, verkommenen Ladens. »Ich habe was für dich. Die Sachen will ich verkaufen.«

»Zeig mal her.« Beim Näherkommen musste ich fast kotzen, weil mir sein Schweißgeruch entgegenflog.

Ich packte die zwei Handys und vier Navigationsgeräte auf den Tisch.

»Oh, das sind aber alte Modelle.« Der Penner wollte den Preis natürlich drücken. »Wo hast du die denn her?«

»Ich habe die gekauft. Was für eine Frage soll das sein«, sagte ich selbstbewusst.

Er schaute mich an und sagte: »Ja, dann ist es ok. Heute weiß man ja nie.«

»Ja, ja, die Welt wird immer verrückter.«

Der dicke, ekelhafte, ungepflegte Inhaber verströmte immer mehr Schweißgeruch. Ich kannte den Assi, hatte ihn schon öfter mit der Bierflasche in der Hand gesehen. Ich war mir sicher, dass es ihm scheißegal war, woher die Ware kam.

Mein Selbstbewusstsein machte sich bezahlt. Er bot mir zwar nur lächerliche 100 Euro für alles, aber ich nahm das Geld, hoffte, er würde sich vielleicht ein Duschgel von der Kohle kaufen und ging zügig aus dem Laden.

BESOFFENE KINDER Vorhin saßen wir wieder bei Steve, dem großen Bruder meines Kumpels, im Keller. Mit den 100 Euro vom An- und Verkauf hatte ich mir in der Stadt Gras gekauft.

Steve machte große Augen: »Wo hast du denn das ganze Gras her?«

»Egal. Viel wichtiger ist die Frage, ob du die Bong geputzt hast.« Ich machte uns eine große Mischung aus Tabak und Gras, und wir rauchten gemütlich einen Kopf. Das Leben kann so schön sein.

Steve erzählte mir stolz, dass er eine Wohnung gefunden habe. Endlich Tageslicht in einer neuen Bude. Nicht nur die paar Sonnenstrahlen durch sein Kellerfenster. Er fragte, ob ich ihm beim Umzug helfen könne. Ich sagte: »Natürlich, Bruder, kein Problem. Aber wie wollen wir das machen?«

»Wir müssen den Scheiß dahin tragen.«

»Tragen? Die Couch?« Wahnsinnsaktion. Kevin war mittlerweile auch dabei und genoss meine Ausbeute. Wie immer tranken wir dazu die drei Liter »Burgschenke«, eine üble Plörre. Schmeckt zwar zum Kotzen, aber erfüllt seinen Zweck. Es geht darum, besoffen und bekifft zu sein. Nach dem dritten Kopf und einer Menge Wein kam mir eine Idee.

»Wir gehen einfach zum Supermarkt und leihen uns Einkaufswagen. Die laden wir voll mit deinem ganzen Scheiß und fahren alles in deine neue Bude.«

Beide schauten mich an, als ob ich bekloppt wäre. »Habt ihr eine bessere Idee, ihr Vollidioten?« Doch sie stimmten mir zu.

Drei bekiffte Alkoholiker. Zu der Zeit waren wir nur am Saufen und am Kiffen. Ich habe sowieso viel zu früh mit dieser Scheiße angefangen.

Ich war gerade einmal zehn Jahre alt. Mein Kumpel Moritz aus der Grundschule, bei dem ich immer zu Hause war, hatte einen großen Bruder namens René. Der hing mit seinen Kumpels immer in einer Holzhütte ab. Diese lag zwischen zwei Häusern. Man erreichte sie durch einen schmalen Gang. Ich fand damals größere Jungs immer cool und wollte so sein wie sie. Moritz und ich sind René oft nachgelaufen. René fand das nicht so cool und beschimpfte Moritz, er sei ein Baby und solle sich verpissen. Wir hatten allerdings schon herausbekommen, dass er mit anderen immer wieder in dieser Hütte verschwand. Coole Musik und Zigarettenqualm drangen nach draußen. Wir waren neugierig, was die da drinnen so trieben. Moritz hatte krasse Angst, dass René ihn eines Tages vor der Tür erwischen würde. Mir war das egal. Ich wollte mehr, wollte da rein, wollte mitmachen, wollte so cool sein wie die. Um dazuzugehören, musste ich mir etwas einfallen lassen.

Mit einer Flasche Wein im Rucksack schlug ich an das Tor des Schuppens. Die fünf saßen im Raum verteilt und rauchten Zigaretten auf klapprigen Stühlen. René schaute mich gleich ärgerlich an, weil er seinen Bruder im Schlepptau vermutete. Doch Moritz war schon auf halbem Weg verschwunden.

»Hey, Kleiner, was willst'en?«, rief es mir entgegen.

»Servus, darf ich reinkommen?«, fragte ich leise, ging aber schon weiter rein und druckste rum. »Hat jemand eine Kippe für mich?«, pokerte ich schüchtern und hoffte auf den Überraschungseffekt, wenn ich meinen Rucksack öffnen würde, um die Weinflasche meiner Eltern zu präsentieren.

»Was will der kleine Schnorrer?«, hörte ich.

»Ich hab' 'ne Flasche Wein von meinem Vater geklaut.«

»Na dann, gib mal her«, forderte Rene. »Willst du auch 'nen Schluck?«, setzte er schon freundlicher nach.

»Klar« sagte ich und hatte kurz darauf zum ersten Mal in meinem Leben ein Glas Wein in der Hand. Alex bot mir dazu eine Zigarette an, die ich gern nahm.

»Ey, du kannst wohl nicht auf Lunge rauchen«, meinte Alex, als er mich paffen sah.

»Nee, das habe ich noch nicht probiert.«

»Du musst den Rauch einatmen und dabei ›heeeee, die Mutter kommt‹« sagen. Dabei ziehst du automatisch den Rauch in die Lunge.«

Klar habe ich beim ersten Mal ohne Ende gehustet. Mir war kotzübel. Es war einfach ekelig. Doch ich fühlte mich erwachsen. Die restliche Zigarette habe ich in der Hand gehalten und verglühen lassen. In Zukunft wollte ich erst einmal nur weiter paffen.

Die Jungs riefen alle »Prost« und stießen mit ihren Gläsern an. Ich musste einen Schluck nehmen, einen kleinen Schluck wenigstens. Ich tat so, als wäre es das Normalste der Welt. Absolut natürlich mit zehn Jahren, total normal. Prost! Der Schluck schmeckte so sauer in meinem Mund, dass es mir fast aus der Nase wieder rauskam und ich es kaum runterschlucken konnte. Doch dann fühlte es sich dumpf im Kopf an und Wärme breitete sich in meiner Brust aus. Das kannte ich bislang nicht.

Auch wenn das Gefühl angenehm war, es schmeckte wirklich scheußlich. Ich verzog keine Miene und blieb cool. Immer, wenn sie zu mir rübersahen, nahm ich einen kleinen Schluck. Ich fand Wein und Zigaretten echt ekelhaft. Das sah man mir aber nicht an. Den Rest aus dem Glas schüttete ich heimlich hinter mir auf den Boden. Seitdem durfte ich dabei sein. Das war alles, was ich wollte. Und mit jedem Tag in der Hütte schmeckten der Wein und die Zigaretten besser.

Mir war klar, dass die Jungs ihre Zigaretten und den Wein aus dem Tante-Emma-Laden klauten. Um noch cooler zu sein, versuchte ich das auch. Dazu nahm ich meinen ganzen Mut zusammen.

Schwer war das eigentlich gar nicht. Die Besitzerin vom Tante-Emma-Laden war eine ganz alte Frau, die über ihrem Geschäft wohnte. Wenn man durch die Tür in den unaufgeräumten Laden kam, wurde man zuerst von einem modrigen Gestank nach Altem, Abgestandenem, vielleicht Verfaultem fast erschlagen. Ich kannte das schon, weil ich mir dort manchmal eine Brezel kaufte, die steinhart war. Aber egal, wenn man also in diesen Laden kam, klingelte es. Jeder wusste, dass die Alte nun sehr lange brauchen würde, bis sie hier unten erschien. Der ideale Moment, um sich die Taschen vollzustopfen. Aber eben das hatte ich noch nie gemacht. Ich nahm meinen Mut zusammen und ließ zwei Flaschen Wein und zehn Schachteln Zigaretten in meinem Rucksack verschwinden. Als die Alte schließlich kam, legte ich ihr das Kleingeld für eine Brezel auf den Kassentisch und ging ganz langsam aus dem Laden.

Die Jungs waren überrascht: »Der Kleine hat's voll drauf. Krasser Typ biste.« Was für eine Anerkennung! So war ich für lange Zeit der einzige Jüngere, der in diesem Schuppen verkehrte. Auch, wenn die anderen mich immer mal wieder wegen meines Alters aufzogen. Ich fühlte mich pudelwohl bei den Jungs.

Verrückte Pläne wurden geschmiedet und ich war dabei. Der Wein und die Zigaretten schmeckten immer besser. Alles war crazy. Im Dorf stand ein großer Weinpavillon. Schnell kam die Idee auf, dort einzubrechen und Wein zu klauen. Ich fühlte mich so cool in der Gruppe, dass ich sofort zusagte, mitmachen zu wollen. Nichts konnte mich abschrecken. Mit zehn Jahren klaute ich schon wie ein Rabe und das mit Wein und Zigarette in den Händen.

MIT DEM EINKAUFSWAGEN DURCH DIE STADT Heute war es so weit. Der große Umzug von Steve. Also gingen wir früh morgens los, um uns Einkaufswagen zu besorgen. Darauf packten wir all seinen Kram und schoben alles quer durch die Stadt. Ich vergesse nie die Blicke der anderen: Wie tief kann man sinken, bekifft, besoffen und wie die Penner mit dem Einkaufswagen durch die Stadt. Aber egal. Bei den vier oder fünf Touren über jeweils zwei Kilometer hin und zurück fiel uns immer wieder alles Mögliche runter, das wir dann einsammeln mussten. Aber Steves Hab und Gut war überschaubar. Spätestens als wir die kleine Zweisitzer Couch auf dem Wagen hatten, Kevin sich obendrauf setzte, und ich ihn durch die Straßen schob, dachten die Leute, wir sind wohl komplett bescheuert.

Aber scheißegal. Endlich eine gescheite Wohnung. Ich hänge sowieso fast jeden Tag bei Steve ab, da es mir in meiner Wohnung zu einsam ist. Außerdem besteht immer die Gefahr, dass meine Mutter vorbeikommt. Sie hat einen Schlüssel und wohnt gerade mal eine Straße weiter.

Steves neue Wohnung ist in einem richtig abgefuckten Haus. Ganz unten ist eine Diskothek. Sein kleines Zimmer ist im obersten Stock. Das Treppenhaus riecht nach Pisse und alle Türen sind mehr oder weniger kaputt. Empfangen hat uns sein Zimmernachbar in der kleinen Wohnung. Völlig fertig schmissen wir uns nach getaner Arbeit auf die Couch. Ich freute mich auf die frisch geputzte Bong. Da bin ich eigen. Die beiden würden nie das Wasser wechseln, wenn ich nicht darauf bestehen würde. Ich rauchte und soff billigen Rotwein.

Auf einmal ging die Tür gegenüber auf. Dort stand ein Mann in Unterhose. Lange blonde Haare, Zigarette im Mund und dicke Brille über blauen Augen: »Oh Servus, alles gut?«

Er stellte sich als der neue Nachbar, Harald, vor. Harald war komplett abgemagert, übersät von roten Flecken, aber sehr sympathisch.

Er ist fünfundvierzig Jahre alt und von Beruf »Nichts«. Völlig korrekter Typ, aber genauso kaputt. Er hat einen kleinen elfjährigen Sohn, der bei seiner drogenabhängigen Exfrau wohnt. Harald ist heroinabhängig und macht daraus keinen Hehl, auch vor seinem Sohn nicht. Ich mag ihn.

BRAUNES PULVER Ab sofort ist Harald mein neuer Dealer und Kumpel. Er verdient sein Geld mit dem Verkauf von billigem Hasch, Heroin und geklauten Fahrrädern. Auch ich habe von ihm ein neues Fahrrad bekommen.

Harald ist echt ein cooler Typ. Mein Freund Steve ist schwer alkoholabhängig und hört immer, wenn er besoffen ist, rechtsradikale Musik. Er ist echt korrekt, aber das geht mir mächtig auf die Eier. Vor allem, weil sein Vater ein Ausländer ist. Kann man dann Nazimusik hören? Eigentlich nicht.

Ich trinke fast täglich Alkohol, trotzdem ist das nicht meine Droge. Es ist halt ein Mittel zum Zweck. Aber gemocht habe ich das nie. Mein Herz schlägt für Marihuana. Steve und ich sind täglich bei Harald. Er hat unendlich viele Pflanzen. In seinem Zimmer sieht es aus wie im Dschungel. Harald rennt den ganzen Tag mit seiner Gießkanne in Unterhosen von einer Pflanze zur anderen. Was für ein Freak!

ANNA Anna ist eine gute Freundin von mir und wohnt im gleichen Dorf wie ich. Ab und zu chillen wir zusammen und rauchen auch mal einen Joint. Wir kennen uns schon ewig. Gelaufen ist zwischen uns noch nie etwas. Wir sind einfach nur gute Freunde.

Sie wohnt mit ihrer kleinen Schwester und ihrer Mutter in einem eigenen Haus. Gelegentlich hängen wir bei ihr ab. Ihre Mutter kennt mich gut und mag mich sehr. Auch wenn wir manchmal zusammen kiffen, geht sie eher den geraden Weg und ist nicht in solchen Kreisen wie ich unterwegs. Sie bittet mich öfter mal, ihr etwas zum Rauchen mitzubringen. Also dachte ich mir, dass ich sie einfach einmal Harald vorstellen sollte. Sie ist schwer in Ordnung und Harald hat damit auch kein Problem.

MACH DIR KEINE SORGEN Mittlerweile arbeite ich nachts in der Bäckerei, und nach der Arbeit rauche ich meine Bong bei Harald. Anna sitzt inzwischen fast täglich bei Harald. Er spritzt sich gemütlich vor uns Heroin. Dazu trinken wir Wein und labern Scheiße. Zwischendurch lasse ich Verschiedenes aus Autos mitgehen, um mir dieses Leben leisten zu können. Auch, wenn der Ertrag bei dem stinkenden Fettsack im An- und Verkauf kläglich ist, so komme ich doch einigermaßen leicht an Geld.

Harald sagt, wenn ich jemals Heroin probieren möchte, setzt er mir meinen ersten Druck. Danke Harald, voll süß von dir, aber ich lehne dieses freundliche Angebot lieber ab. Heroin ist ein Teufelszeug. Das sind Leute auf dem Weg zum Grab. Außerdem habe ich Angst vor Spritzen. Ich weiß zudem, dass Harald Hepatitis hat. Also, nein danke, Digga.

Einmal kam es zu einer echt harten Situation. An einem sauheißen Tag fuhr ich nach der Arbeit zu ihm. Auf dem Tisch stand ein Glas Wasser, das ich in einem Zug leerte. Allerdings hatte ich nicht mitbekommen, dass Harald in diesem Glas ja immer seine Spritzen säuberte. Harald fuhr mich an: »Du Idiot, da habe ich gerade meine Spritze sauber gemacht!« Um mich zu beruhigen, beteuerte er dann aber schnell: »Da passiert schon nichts. Du musst dir keine Sorgen machen.« Damit war das für mich ok.

HEROIN Was für ein Wochenende. Ich bin echt fertig von meiner Ausbildung zum Bäcker. Weil ich um 0 Uhr anfange und so gegen 11 Uhr Feierabend habe. Absolute Ausbeutung! Für

350 Euro im Monat! Aber na ja, was bleibt mir anderes übrig? Danach chille ich bei Harald in der Bude. Er hat immer solchen gepressten Billigshit am Start. Aber egal, high macht es trotzdem. Gras wäre mir echt lieber. Es ist immer das Gleiche. Er spritzt sich Heroin und ich sitze mit Anna auf der Couch und kiffe mich zu! Er ist dann völlig drauf und labert irgendeine Scheiße. Da mache ich natürlich gerne mit. Das kann ich gut. Auch ohne Heroin.

Gestern sagte er mir, dass später noch ein alter Bekannter von ihm kommen würde. Ich könnte gern dableiben.

Er musste nochmal kurz mit Anna auf ihrem Roller ins Nachbardorf fahren, um Hasch zu holen. Ich chillte bei ihm völlig zugekifft auf der Couch, war halb am Schlafen und genoss mein Wochenende. An der Decke beobachtete ich die Kakerlaken, die zusammen in die Wohnung von Steve wanderten. Richtig ekelhaft. Diese Drecksviecher waren einfach überall.

Auf einmal klopfte es an der Tür. Ich stand auf und ging gespannt hin. Wahrscheinlich wieder irgendein Opfer von Nachbar, der uns zulabern wollte. Ich machte die Tür auf und da stand ein junger Kerl. Ich vergaß ihn niemals wieder. Er hatte die krassesten blauen Augen, die ich jemals gesehen hatte. Übelst stylischer Typ. Er presste den Kiefer fest zusammen und schwitzte wie ein Schwein. Man sah ihm deutlich an, dass er voll auf Drogen war. Ich fragte ihn, was ich für ihn tun könnte. Er suchte Harald. Ich erklärte ihm, dass Harald sicher gleich wiederkommen würde und ließ ihn in die Bude. Er setzte sich auf den Sessel mir gegenüber. Ich stellte ihm die Kakerlaken vor. Wir unterhielten uns oberflächlich. Er kam gerade aus

Frankfurt. Er war die ganze Strecke mit dem Taxi gefahren. Das sprach dafür, dass er Kohle hatte. Er holte ein Tütchen mit braunem Pulver raus, breitete Alufolie auf dem Tisch aus und bot mir auch etwas an. Ich fragte ihn, was das denn sei. Er lachte und sagte: »Heroin.« Ich erklärte ihm, dass Spritzen nichts für mich ist. Er stimmte mir zu, für ihn sei das auch nichts. Er gab etwas Heroin auf die Alufolie und erhitzte es von unten mit seinem Feuerzeug. Das Heroin fing an zu blubbern und zu rauchen. Er zog es mit einem Röhrchen in die Lunge. Ich dachte: »Krass, was für eine niveauvolle Art, Heroin zu konsumieren.« Man sah ihm deutlich an, als es in seiner Birne knallte. Irgendwie interessant. Kurze Zeit später kamen Harald und Anna zurück. Die drei begrüßten sich, und der Typ drückte ihm einen Beutel voll Heroin in die Hand. Er erzählte, dass er von der Polizei gesucht würde. Er könnte aber in einem ausgebauten Zimmer auf einem Dachboden wohnen. Dorthin müsste er allerdings den Inhalt seiner kleinen Wohnung befördern. Er fragte Harald, ob er ihm helfen könne. Aber dieser und Anna saßen völlig fertig auf seiner Matratze und waren nicht mehr ansprechbar. Ein richtig ekelhaftes Gefühl schoss mir in meinen Brustkorb. Hatte Anna etwa Heroin genommen? Sie lag mit ihrem Kopf bei Harald auf dem Schoß, der vor sich hin sabberte. Ich hatte ihm gesagt, ich bringe ihn um, wenn er ihr nur einmal etwas anbietet. Ich musste hier schnellstmöglich raus.

Sobald Anna wieder ansprechbar ist, werde ich mit ihr reden.

Haralds Kumpel fragte mich, ob ich ihm nicht helfen könne. Ich dachte mir: Fuck, ich kenne den Typen nicht mal. Aber ich war einfach schon immer ein lieber Kerl. Ich sagte: »Kein Problem, ich helfe dir.«

Es ist immer vorteilhaft, einen Gefallen bei anderen Leuten gutzuhaben. Außerdem bin ich der Profi für Umzüge.

Also fuhren wir mit dem Taxi zu ihm. Er wohnte im Assi-Viertel unserer Stadt in einem großen Wohnblock. Seine Wohnung beeindruckte mich sehr. Das Haus war zwar von außen richtig abgefuckt, aber die Bude war mega: fetter Fernseher, der ganze Schrank voll DVDs und alles sauber. Wir schleppten seine Sachen bis in den späten Abend nach oben und chillten bei ihm auf der Couch. Er sagte, ich könne ruhig bei ihm bleiben und morgen früh heimfahren. Ich wäre heute sein Gast. Er legte »Scarface« ein.

Ich liebe diesen Film.

Er bot mir Wodka mit Energy an, und wir bestellten uns Pizza. Es war ein richtig gechillter Abend. Er meinte später, er müsse mir mal was zeigen. Und ich dachte auf einmal, er ist fucking Tony Montana. Er holte einen Klumpen Heroin, so groß wie ein Fußball raus und legte ihn mitten auf den Tisch: »Heute bist du mein Gast.« Er hatte mit seiner scheiß Alufolie echt mein Interesse geweckt. Ich dachte mir, scheiß drauf, so schlimm wird das nicht sein. Er machte mir eine Tüte voll und reichte sie rüber: »Hier, schenke ich dir.« Also nahm ich Alufolie und streute Heroin drauf. Ich hielt das Feuer darunter und zog den Rauch ein. Er sagte mir, ich soll den Rauch so lange drin behalten, wie es geht. Und was soll ich sagen. Es war krass. Mein Kopf wurde leer. Ich dachte nichts. Ich fühlte nichts. Mein ganzer Körper war entspannt. Ich ließ mich auf die Couch zurückfallen und sank darin ein. Er fragte mich, wie ich es fände. Ich wollte ihm keine Antwort geben. Der Sabber lief mir aus dem Mund. Das kannte ich auch von Harald. Kurz bevor er die Spritze abdrückt, sagt er immer, ich muss dringend die Fresse halten. Und beim kleinsten Geräusch von außen dreht er völlig durch und schreit rum: »Ihr habt meinen Turn kaputt gemacht.«

Nach einigen Minuten konnte ich mich wieder hinsetzen und legte nach. Auf dem notdürftig eingerichteten Dachboden lagen überall Schwerter und Morgensterne rum. Fuck, der Typ hätte mich umbringen können. Aber es ging alles gut. Es waren nur meine wirren Gedanken, die das hervorbrachten. Das lief die ganze Nacht so. Irgendwann schlief ich ein. Als ich aufwachte, fühlte ich mich extrem kaputt. So ein Gefühl hatte ich noch nie. Mein Kopf tat weh. Meine Beine taten weh. Ich war fertig mit der Welt. Ich verabschiedete mich, nahm mein restliches Heroin mit und schleppte mich Richtung Bahnhof. Mir war kotzübel. Ich war sehr froh, als ich endlich zu Hause ankam. Daheim in meiner Wohnung legte ich mich auf die Couch und schlief weiter. Ich schlief, schlief und schlief. Ich schlief den kompletten Sonntag und wurde erst um 11 Uhr morgens wach.

Jackpot. Ich hätte um 0 Uhr arbeiten müssen. Ich bin aufgewacht und habe erst einmal ins Waschbecken gekotzt. Dann lief ich zum Arzt ins Dorf und besorgte mir für die ganze Woche eine Krankmeldung.

Mein neuer Chef war gar nicht begeistert. Aber wenigstens fühlte ich mich diesmal wirklich krank. Mein Arzt bestätigte mir, ich sähe echt krank aus. Es wäre wahrscheinlich eine Magen-Darm-Grippe. Ich sagte, das glaube ich auch.

WO IST MÜMMELMANN? Nun hänge ich schon die ganze Woche daheim auf der Couch. Ich habe keinen Bock, irgendjemanden zu sehen und bin in einem tiefen Loch. Ich mache nichts außer kiffen und schlafen. Vorhin habe ich mich von der Couch gekämpft und fuhr kurz zu Harald, um mir etwas Hasch zu besorgen. Meine Mutter bringt dem armen kranken »Mümmelmann« immer Zwieback und Cola vorbei. Den Rest von dem Teufelszeug schenkte ich Harald. Ich brauche das nicht mehr. Die Nachwirkungen sind einfach zu heftig. Ich bleibe bei meinem Hasch und Gras und ziehe ab und zu mal 'ne Nase. Besser für mich!

Als ich bei Harald war, saß Anna auch da. Beide teilten mir mit, dass sie nun zusammen seien.

Ich konnte es einfach nicht glauben.

Auf meine Frage, ob sie auch Heroin nimmt, sagte sie, dass mich das einen Scheißdreck angehe. Sie sei alt genug. Ich solle mir keine Sorgen machen. Harald grinste nur, als er die Frage hörte. Hätte ich sie nur niemals dahin gebracht. Sie war doch so ein gutes Mädchen.

BYE BYE, KAKERLAKEN Am Wochenende zieht Harald um, in eine betreute Wohngruppe für Drogenabhängige. Da ich bekannt bin für meine guten Ideen, besorge ich wieder Einkaufswagen und helfe ihm. Endlich raus aus diesem Loch. Dort bekommt er sein eigenes Zimmer, in einer der vier Wohnungen.

Im ersten Stock des Altbaus ist das Büro mit den Sozialarbeitern. Unten ist ein Café, das die Bewohner selbst betreiben.

17 JAHR, BLONDES HAAR Die Freakshow geht weiter. Nach einigen Stunden hatten wir die wenigen Sachen von Harald in das Zimmer der Wohngruppe geschafft und chillten auf seiner Couch. Die Tür zu den Gemeinschaftsräumen stand offen. Drei weitere Zimmer dieser Wohnung sind bewohnt. Plötzlich stand sie da im Türrahmen: blonde Haare, schlank, ihr schwarzer Tanga schaute einladend aus der engen Jeans heraus, darüber ein enges Top. Dazu erfrischend ungeschminkt. In ihrer Hand hielt sie eine Bong. So begrüßte sie uns, erklärte, sie sei die Nachbarin, hieße Laura und ob wir zusammen rauchen wollten. Seit der Sache mit Natascha war das Thema Frauen für mich erledigt und das Thema Liebe auch. Aber sie hat sofort mein Interesse und mehr geweckt. Krass, aber wahr. Sie erzählte weiter von sich. Sie ist auch 1986 geboren wie ich und genau zehn Tage älter. Also siebzehn Jahre alt und geht in die Berufsschule. In dieser Wohngruppe wohnt sie seit einem Jahr. Alles hier sei voll locker, die Leute toll drauf und nett, erzählte sie. Was soll ich sagen? Wir rauchten zusammen von ihrem Gras, unterhielten uns und machten Blödsinn. Ihr Humor, ihr Lachen, ihre Natürlichkeit gefallen mir sehr. Sie ist so, wie ich mir immer eine Frau vorgestellt habe. Vom ersten Augenblick an fühlte ich mich mit ihr verbunden und ihr nah. Sie fragte mich, ob ich später noch zu ihr kommen möchte. Klar! Ich verabschiedete mich von Harald und ging rüber zu Laura. Wir unterhielten uns die ganze Nacht über unser Leben und wo wir herkamen. Sie hatte auch viel Scheiße hinter sich. Ihren Vater, einen Lebenskünstler und Versager, kennt sie kaum. Ihre Mutter zog mit einem Kind ins Frauenhaus und gab die zwei anderen Kinder ins Heim. Sie hatte viel Gewalt erlebt. Es ist einfach krass. Ich habe das Gefühl, sie ist ich und ich bin sie. In ihr habe ich einen Menschen gefunden, der mich versteht. Egal was ich sage, sie stimmt dem zu und erzählt, dass es bei ihr genauso sei. Mehr noch, wenn ich etwas denke, sagt sie es, und wenn sie etwas denkt, sage ich es. Wir haben einfach den gleichen Kopf.

KANN DAS LIEBE SEIN? Ich bin verrückt nach Laura. Irgendwie habe ich das Gefühl, ich habe mich verliebt. Es gibt nur ein Problem: Sie ist vergeben. Ihr Freund ist zehn Jahre älter und behandelt sie wie Scheiße. Er kommt alle paar Wochen mal vorbei. Mittlerweile sehen wir uns seit ein paar Wochen täglich und verbringen eine geile Zeit miteinander. Es ist wunderschön und fühlt sich so an, als würden wir uns schon das ganze Leben kennen. Sie ist genauso kaputt wie ich. Ihr größtes Laster sind die Drogen. Unter der Woche Gras und am Wochenende XTC. Damit hatte ich bisher nichts am Hut. Nur einmal habe ich es bei einem Kollegen probiert. Das ändert sich nun.

Ich habe nur noch Augen für diese Frau. Klar bin ich inzwischen bei der Arbeit rausgeflogen. Ich bin so verliebt, dass mir alles scheißegal ist. Ich habe keinen Bock mehr auf Arbeit, stattdessen nur noch einen Kopf für sie.

Das größte Problem ist, dass sie immer noch nicht von ihrem Freund abkommt. Auch, wenn er sich selten sehen lässt.

MAILBOX Die letzten Wochen hingen wir jeden Tag zusammen ab. Außer Küssen ist bisher nichts gelaufen. Gestern habe ich sie von der Telefonzelle im Dorf angerufen. Ich wollte wie immer fragen, was sie macht und ob ich vorbeikommen kann. Sie sagte zum ersten Mal, dass sie heute keine Zeit habe, weil ihr Freund kommt. Das war wie ein Stich in mein Herz. Da spürte ich, dass von meiner Seite viel mehr als Freundschaft entstanden ist. Ich habe mich einfach in diese Frau verliebt. Nach der Aktion mit Natascha hielt ich das schon gar nicht mehr für möglich. Ich bin mir sicher, auch wenn sie noch zurückhaltend ist, dass sie mich auch mehr mag als einen Freund. Das weiß ich.

Heute versuche ich schon den ganzen Tag, sie anzurufen. Doch sie geht nicht ans Telefon. Das war es wohl!

XTC UND SCHMETTERLINGE Mann, war ich glücklich, als sie mich anrief und sagte, sie habe mit ihrem Freund Schluss gemacht. Ab sofort kann uns nichts mehr trennen. Inzwischen nehme ich jeden Tag XTC, auch wenn ich damit vorher wenig Erfahrung hatte. Ich feiere mein Leben, bin über beide Ohren verliebt und empfinde Glücksgefühle bis in die letzte Faser meines Körpers. Durch die Drogen? Durch sie? Oder einfach durch alles? Ich bin glücklich! Alle Sorgen sind dahin. Schmetterlingc überall.

Letztens haben wir bei mir in der Wohnung das erste Mal miteinander geschlafen. Es war wunderschön. Ich bin unfassbar verliebt. Wir sind beide völlig kaputt, sie psychisch im Arsch, ich fertig mit der Welt, aber so unglaublich verliebt. Sie ist da zurückhaltender. Sie erlaubt es sich anscheinend nicht, nach einigen unschönen Erfahrungen mit Männern, mich voll und ganz zu lieben. Ich will sie unbedingt! Auch, wenn ich vorher nicht geglaubt hätte, dass ich mich wieder so verlieben kann. Es ist alles perfekt.

WASSERFARBEN Letztes Wochenende saßen wir bei ihr, haben Drogen genommen und getrunken. Dabei malten wir mit Wasserfarben gemeinsam ein Bild. Auf dieses Bild schrieb ich: »Ich liebe dich.« Und sie hat dazugeschrieben: »Ich liebe dich auch.« Ab sofort sind wir fest zusammen.

WIR MÜSSEN REDEN Mit meiner Mutter habe ich mittlerweile extremen Stress, weil sie die Kündigungsbestätigung der Lehrstelle in die Hände bekommen hat. Eigentlich ging sie bis heute davon aus, dass ich jede Nacht brav auf meine Lehrstelle gehe. Und nicht nur das. Beim Aufräumen meiner Wohnung hat sie mein Tagebuch entdeckt. So erfuhr meine Mutter, dass ich mittlerweile auch Heroin genommen habe. Gestern rief sie mich an und sagte: »Daniel, so geht es nicht mehr weiter. Wir müssen reden!«

Trotz meiner Beteuerungen, dass ich mir etwas Neues suche, besteht sie auf ein Treffen. Zudem hat sie mir die Kündigung der Wohnung angedroht. Sie will mich mit meinem Stiefvater abends in meiner Wohnung sehen und darüber reden, wie es weitergeht.

EIN LITER WODKA Es ist total eskaliert. Vor dem Besuch meiner Mutter war ich bei einem alten Kumpel im Keller und habe einen Liter Wodka auf ex getrunken. Einfach unnötig! Ich war noch nie so besoffen in meinem Leben. Dazu rauchte ich mir noch einen dicken Kopf. Ich war so fertig mit der Welt und kotzte mir die Seele aus dem Leib. Anschließend torkelte ich nach Hause, wo die beiden schon auf mich warteten.

Und natürlich kam die übliche Leier: »So geht es nicht mehr weiter. Du hast es uns versprochen.« Ich bin im Vollsuff völlig durchgedreht und habe die ganze Wohnung auseinandergenommen. Couch, Fernseher, Regal umgeschmissen, mit der Faust ein Loch in die Wand geschlagen und Tür eingetreten. Meine Mutter heulte und schrie durch die ganze Wohnung, mein Stiefvater versuchte, mich zurückzuhalten, während ich immer weiter ausrastete. Als meine Mutter die Polizei rief, bin ich abgehauen und durchs Dorf gerannt. Als ich zurückkam, sah ich die Polizei und den Krankenwagen. Die nahmen mich mit und steckten mich in eine Ausnüchterungszelle in der Psychiatrie. Als ich wieder zu mir kam, hatte ich einen unglaublichen Brand. Die Idioten brachten mir auf mein Schreien hin eine warme Flasche Sprudel. Am nächsten Tag kam meine Mutter. Mittlerweile war mir bewusst, wie scheiße meine Situation war. Ich hatte gerade eine Frau kennengelernt, mich verliebt und saß nun hier fest. Zum Glück wollten die mich dort nicht stationär festhalten, weil ich das, was ich angerichtet hatte, unter Alkoholeinfluss getan hatte. Meine Mutter erklärte mir, dass der Vermieter mich nach der Aktion aus der Wohnung schmeißen würde. Mama und ihr Mann nehmen mich auf keinen Fall mehr zu Hause auf. Was sollte ich jetzt machen? Fuck, wie geht es jetzt weiter?

Ich bin jetzt bei Laura eingezogen. Ich habe gar nichts mehr, keinen verschissenen Euro. Laura teilt alles mit mir. Auch wenn sie selbst wenig besitzt. Ihr Essen, ihr Trinken, ihre Drogen, ihr Geld, alles. Sie ist mehr als meine große Liebe! Sie ist meine beste Freundin. Sie ist meine Familie.

ABSCHLUSSBERICHT DER PSYCHIATRIE IN AUSZÜGEN:

»Daniel Gebhart kommt alkoholintoxikiert mit Krankenwagen, Polizei und Mutter zur Aufnahme. Daniel lebt allein in einer von seiner Mutter finanzierten Wohnung.

Diagnosen:
- akute Alkoholintoxikation
- schädlicher Gebrauch von Alkohol und Drogen
- Störung des Sozialverhaltens

Psychischer Befund bei Aufnahme:
Altersgerecht entwickelter Junge, wach, bewusstseinsklar, orientiert, agitiert, gespannt und logorrhoisch, sehr reizbar, zeitweise verbal aggressiv, insbesondere in Anwesenheit der Mutter. Im Denken sprunghaft, affektlabil, kein Anhalt für psychotisches Erleben oder akute Suizidalität. Leichte

Schwellung und Hämatom rechter Fußrücken nach Tritt gegen einen Tisch in unserer Einrichtung.

Beratung und weiteres Vorgehen:
Am Folgetag wirkt Daniel auch ohne Alkoholeinfluss sehr angespannt, leicht erregbar, unruhig, impulsiv, mit geringer Frustrationstoleranz und eingeschränktem Durchhaltevermögen. Seine Schilderungen zu den Aufnahmeumständen differierten deutlich zu den Schilderungen der Mutter.

Die Mutter drängte auf stationäre Aufnahme Daniels in die geschlossene Station.«

JUNG, WILD UND FRECH In der Wohngruppe gibt es andauernd Stress mit anderen Leuten. Ich lasse mir nichts bieten und bin nicht aufs Maul gefallen. In der Gruppe sind lauter Versager, Opfer, Drogenabhängige und Idioten, und alle denken sie, sie sind cool. Andauernd labert mich irgendein Idiot dumm von der Seite an. Ich bin jung, wild und frech und scheue mich vor denen nicht. Wenn mich einer blöd anmacht, gebe ich direkt Kontra. Und das kommt hier gar nicht gut an. Auch mit den Sozialarbeitern gibt es ständig Ärger. Ich muss mir dringend wieder eine eigene Wohnung suchen.

AUF GUTE NACHBARSCHAFT Es geht wieder bergauf. Endlich habe ich eine eigene Wohnung und eine neue Lehrstelle. Ich wohne in einer Studentenbude, direkt gegenüber von der Polizei. Die Vermieterin hat mir tatsächlich geglaubt, dass ich Student bin. Vielleicht lag es daran, dass sie uralt ist und nicht mehr so gut sieht. Weil, wie ein Student sehe ich nun wirklich nicht aus. Die drei anderen Studenten in dieser Wohnung sind nie da. So habe ich die ganze Wohnung meist für mich allein. Meine Mutter zahlt Kaution und Miete, wenn ich mir eine Lehrstelle suche. Mama ist die Beste.

In einem Weingut fand ich schnell eine passende Ausbildungsstelle. Die nahmen auch Laura als Aushilfe. Alles läuft super. Wir schneiden Reben, arbeiten im Weinberg und chillen gemütlich in der Sonne. Es ist eine coole Zeit. In der Pause gibt es beim Chef Mittagessen und danach geht es wieder ins Feld.

ZEIT FÜR PLAN B Nach drei Wochen ist wieder alles vorbei. Der Winzer hatte uns Fahrräder gegeben. Mit denen sind wir morgens zuerst in den Betrieb und dann ins Feld gefahren. Gestern blieben wir lieber im Bett liegen und entschieden, einfach zwei Stunden länger zu pennen. Wir sind dann entsprechend spät im Feld angekommen, haben aber mittags dem Chef erklärt, wir wären morgens direkt dorthin gefahren. Dieser hatte allerdings früh nachgeschaut und uns dort nicht gesehen. Also flog die Lüge auf. Er warf Laura sofort raus und ich kündigte. Nun gibt es richtig Stress. Meine Mutter hat gesagt, sie zahlt meine Miete nicht mehr. Es wird Zeit für Plan B.

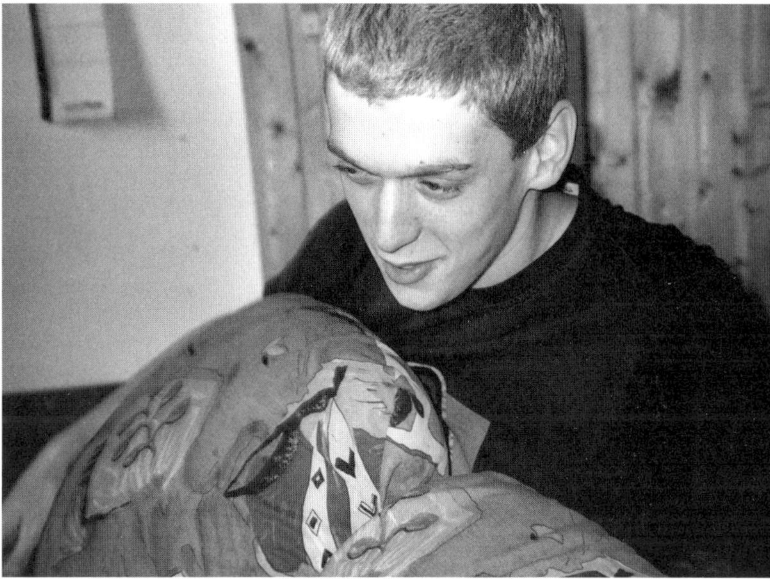

TICKEN Ab sofort machen wir unser eigenes Ding. Meine Mutter kann ihre Kohle behalten. Ich brauche niemanden mehr. Wir haben jetzt unser eigenes Business gegründet und verkaufen im großen Stil XTC. Ein Bekannter organisiert uns aus Holland die Teile für je 60 Cent das Stück. Wir verticken diese für 5 Euro. Mehr als 4 Euro Reingewinn an nur einer Pille! Ich habe mich in der Berufsschule angemeldet. Wirtschafts- und Verwaltungslehre. Allerdings nutze ich die Schule nur, um Drogen zu verkaufen. Wenn alles weg ist, gehe ich wieder heim.

BONNIE AND CLYDE Inzwischen gehe ich gar nicht mehr in die Schule. Aber bis dahin haben wir die ganze Schule mit XTC versorgt. Es lief prächtig. Es war eine krasse Zeit. Die Wohnung war voller Stoff, den wir praktisch sorgenfrei auf Kommission bekamen. Und alles lief genau vor der Nase der Kriminalpolizei ab. Ich fühlte mich wie ein reicher junger Mann. Das ziehen wir jetzt schon über Monate durch. Die Taschen voller Geld. Plötzlich bin ich reich. Also jedenfalls in meiner Welt. Jeder kennt und respektiert mich. Wir haben sogar ein Buch, in das wir die Schulden der Leute eintragen. Uns geht es Bombe. Unser ganzes Essen besorgen wir uns an der Tankstelle nebenan. Wenn wir mal was außer XTC zu uns nehmen. Wir haben Geld. Wir sind verliebt. Um uns herum lauter Geier, aber wir haben uns. Wir sind Bonnie und Clyde. Jedenfalls fühlt es sich so an!

HORRORTRIP Ich glaube, das nennt man einen Horrortrip. Ich bin immer noch völlig fertig mit den Nerven von dieser Aktion. Wir haben mitbekommen, dass Giftpilze wieder legal angeboten werden. Also haben wir uns zwei Kumpels geschnappt und sind in die nächste Großstadt zum Einkaufen gefahren. Es war ein wunderschöner Sommertag und über 35 Grad. In einem Head-Shop haben wir uns die Rucksäcke mit Pilzen vollgestopft. Ich habe das zuvor noch nie genommen und war sehr gespannt auf die Wirkung. Wir setzten uns zusammen in einen Park und rauchten erst einmal einen Joint. Die Stimmung war super, und wir packten die Pilze aus. Der Geruch war einfach ekelhaft. Jeder steckte sich einige Pilze in den Mund. Bäh. Ekelhaft. Einfach zum Kotzen. Ich musste mich echt anstrengen, die Pilze runterzuschlucken. Auch wenn ich ein wenig Respekt davor hatte, schob ich mir eine weitere Ladung hinterher. Wir zogen durch die Stadt, mit dem Ziel, Getränke zu besorgen. Nach 30 Minuten hatte ich das Brett meines Lebens. Ich kann es einfach nicht beschreiben. Ich fühlte meine Umgebung um das zehnfache. Mir war warm, auch wenn das wahrscheinlich mit am Wetter lag. Aber nein, mir war anders warm. Ich nahm jede Person in der Stadt wahr. Und irgendwie waren alle komisch außer mir und Laura. An der Telefonzelle stand ein Typ, der durch die ganze Stadt »Heikooooo, Heikooooo« schrie. Ich schaute Laura an und sie mich. Ihre Augen glänzten, und sie grinste. Unsere zwei Kumpels waren inzwischen verschwunden. Mir ging es gar nicht mehr so gut. Ich musste mich hinsetzen. Plötzlich hupte die Straßenbahn und ein Mann zog mich auf die Seite: »Spinnst du oder was, Junge? Willst du dich umbringen?«

Ich sagte zu Laura, dass wir dringend nach Hause fahren müssten. Also gingen wir Richtung Hauptbahnhof. Als wir an unserem Gleis standen, trafen wir auch die Jungs wieder. Diese spielten mit einer Cola Dose gerade Fußball. Mein polnischer Kollege Janek sagte zu mir, dass wir nicht mitspielen dürften. Was eine Freakshow, Alter? Immer noch hatte ich das Gefühl, dass alle außer mir und Laura verrückt waren. Plötzlich kamen gefühlte hundert Kinder um die Ecke. Diese hatten anscheinend einen Schulausflug. Jedes der Kinder trug eine kleine Fahne in der Hand. Und natürlich wedelten alle damit herum. Das war zu viel für meinen Kopf. Ich schwitzte wie ein Schwein und war unendlich froh, als der Zug kam. Im Zug war Gott sei Dank die Lüftung an. Mein anderer Kumpel Mirco hatte Spielkarten dabei. Also spielten wir zu viert Karten. Plötzlich lief ein Mann mit einem Stück Papier durch den Zug. Dieses hatte er zusammengeknüllt. Er fragte lautstark, ob jemand seine Hantel kaufen möchte. Alter, was ist mit dem denn los, dachte ich mir. Wir schauten uns alle vier an. Gott sei Dank. Die anderen haben das auch gesehen. Nach einiger Zeit kamen wir an unserem Zielbahnhof an. Janek rannte mit heruntergelassener Hose und einem Pilz zwischen den Arschbacken den Bahnhof entlang. Wir fanden es natürlich sehr lustig. Die anderen Leute am Bahnhof sahen eher irritiert aus. Die Jungs zogen weiter. Laura und ich gingen endlich nach Hause. Als wir auf ihrer Couch saßen, fing ich auf einmal an durchzudrehen. Ich kann mich selbst gar nicht mehr daran erinnern. Sie erzählte mir danach nur, dass ich durch die Wohnung gerannt sei und geheult habe, weil ich dachte, ich hätte meine Zunge abgebissen. Harald eilte zur Hilfe. Dieser holte mich mit einigen Köpfen in der Bong und viel Mineralwasser wieder runter. Nie wieder Pilze!

DARF ES EIN WENIG MEHR SEIN? Meine Freundin hat mir vor einiger Zeit einen total durchgeknallten Typ vorgestellt. Von ihm haben wir ab und zu Speed gekauft. Er ist immer total drauf, aber übelst. Es ist unfassbar. Dieser Typ geht einem so auf die Nerven. Läuft nur hin und her und labert irgendeinen Scheiß. Keiner versteht, was er überhaupt will. Aber er hat gute Kontakte in der Szene. Außerdem vertickt er einfach das beste und reinste Speed, das ich jemals genommen habe. Er kommt oft vorbei und bringt uns Pep. Im Gegenzug kauft er bei uns Teile. Neulich fragte er, ob wir ihm nicht unseren Dealer vorstellen könnten. Das haben wir natürlich nicht gemacht. Wir sind ja nicht blöd. Warum sollten wir unseren Kunden einfach weiterschicken? Er erklärte, dass er eine größere Menge kaufen wollte und fragte, ob wir ihm mit dem Preis entgegenkommen könnten. Wir verlangten wie bei jedem 5 Euro von ihm. Gelegentlich gehen wir ein wenig runter, wenn er uns bei seinem Preis für das Pep auch entgegenkommt. Doch diesmal will er wirklich eine Riesenmenge kaufen, wenn wir ihm einen entsprechenden Preis machen. Also antworteten wir ihm, dass er es für 3 Euro pro Teil haben kann. Er will bei uns fünftausend Teile für 15.000 Euro kaufen. Das würde einen Gewinn für uns von 12.000 Euro bringen. Deal!

DER GROSSE DEAL Heute war es so weit. Mit unserem Dealer, einem voll zutätowiertem Typ, der immer komplett auf Anabolika war, trafen wir uns in dessen schwarzem BMW mit getönten Scheiben am Bahnhof, schräg gegenüber der Polizei. Ich hatte mega Schiss und bin sicher mit einem Puls von zwei-

hundert dahingelaufen. Wäre bei diesem Deal irgendetwas schief gegangen, wäre ich komplett gefickt gewesen. Der Typ hatte schon vorsorglich Riesenprobleme angekündigt, sollte etwas nicht klappen. Also holte ich das Zeug auf Kommission am Bahnhof in einer großen Tasche ab. Mit der Tasche unterm Arm bin ich wie ein Geisteskranker nach Hause gerannt. Daheim schnell hoch in die WG, durch die Tür rein und die Tür zugeschlossen. Ich war drin und habe das Zeug hinter einer losen Fliese unter der Dusche versteckt. Wir beide waren mega nervös. Ich habe den ganzen Tag aus dem Fenster geschaut. Das Geld will ich unserem Dealer morgen bringen.

Heute Abend, Punkt 20 Uhr stand der verrückte Fettsack mit seinen spitz nach oben gegelten Haaren unten vor meiner

Haustür. Den Weg hatte er wie immer mit dem Fahrrad genommen. Er klingelte und wollte sein Zeug holen. Er schwitzte wieder wie ein Schwein, als ich ihn unten an der Haustür begrüßte. Mir war kotzübel vor Angst und Aufregung. Mein Butterflymesser hatte ich zwar eingesteckt, aber was würde mir das nützen? Die Haustür hatte zum Glück ein kleines Fenster in der Mitte. Ich konnte also relativ geschützt das Fenster öffnen. Ich fragte: »Alles klar, wie besprochen?«

Er antwortete: »Ja, gib mir das Zeug.«

»Nee, erst das Geld. Du gibst mir jetzt das Geld, dann gehe ich hoch, hole das Zeug und komme gleich wieder runter.«

Er sagte »Nein«.

»Pass auf, entweder du gibst mir jetzt die Kohle, oder du verpisst dich.« Allerdings dachte ich: Scheiße, was mache ich, wenn der Kerl jetzt abhaut. Dann habe ich richtige Probleme und das ganze Zeug daheim liegen. Mein Dealer wäre gar nicht erfreut darüber, wenn er die Ware wiederbekommen würde.

»Mach bloß keinen Scheiß, sonst kriegen wir Probleme.« Alles war sehr angespannt. Ich bin hoch und wir zählten das Geld. Es stimmte. Ich holte die Ware aus dem Bad und ging runter, um ihm das Zeug durchs Fenster zu reichen: »Hau ab, geh.«

»Wenn du mich irgendwie verarscht hast, kriegen wir zwei echt krasse Probleme.«

»Pass auf, das ist einwandfrei. Du hast schon öfter bei uns gekauft. Alles so, wie besprochen. Du musst dir keinen Kopf machen.«

Wieder oben haben wir gejubelt über den Gewinn von

12.000 Euro. Wir waren glücklich, dass das Zeug weg war und wir nichts mehr im Haus hatten. Das war der größte Deal, den wir je gemacht hatten. Endlich hatte die Krone auf meiner Kappe einen Sinn. Der Junge mit der Krone war jetzt wirklich ein König.

Morgen geht es erst einmal mit meiner Süßen in die Stadt zum Shoppen.

STRESS OHNE GRUND Es wurde mal wieder Zeit, mit ein paar Freunden feiern zu gehen. In einem Nachbardorf war ein großes Fest, und wir entschlossen uns gestern, gemeinsam mit einigen Freunden dort hinzugehen. Natürlich wollten wir Spaß und Geschäft verbinden. So packten wir uns die Taschen voll mit XTC, um diese zu verticken. Zuerst trafen wir uns alle bei Martin, einem Kumpel, chillten, rauchten Gras, und jeder nahm ein paar Teile. Dazu tranken wir Wein und hörten Techno. Es sollte einfach ein geiler Abend werden. Martin, den ich durch meine Freundin kennengelernt habe, ist in unserem Alter und kommt aus Ostdeutschland. Er verkauft wie wir Drogen. Diese bestellt er in der Heimat und lässt die Lieferung per Post in seinen Ausbildungsbetrieb kommen. So überreicht sein Chef ihm wöchentlich ein Paket voll mit Drogen, ohne zu ahnen, was darin ist. Das ist einfach zu krass. Er ist da total entspannt. Denn er glaubt nicht, dass sein Chef je eines der Pakete aufmachen würde. Er hat immer das beste Zeug daheim. Seine ganze Bude steht voll mit Graspflanzen. Sein Nachbar war auch da. Ein rechtsradikaler Waffensammler. Er saß den ganzen Abend voll auf Drogen da, fuchtelte mit seiner Knarre rum und erzählte stolz von seiner Waffensammlung. Ich hasse Nazis. Aber das habe ich ihm nicht gesagt. Schon beunruhigend, so ein Typ voll auf Drogen mit einer Knarre in der Hand. Aber es war für alle Anwesenden normal. So machte ich mir auch keine Gedanken. Ich genoss den Abend sehr und war völlig drauf. Nach einiger Zeit entschlossen wir uns, auf das Fest zu gehen. Was dann passierte, war einfach zu krass. Wir liefen auf das Fest, und es sammelten sich immer mehr Leute um uns herum. Sie klebten uns am Arsch, egal ob wir am Getränkestand oder an der Bühne bei der Livemusik standen. Es kamen immer mehr Leute zu uns, die uns auf Drogen ansprachen. Es waren selbst Leute dabei, die früher erzählt haben, was für ein Spast ich bin. Jetzt rannten sie hinter mir her und wollten bei uns kaufen. Es war ein komisches Bild. Wir liefen vorne und eine Menschenmenge hinter uns her: »Hey Daniel, wie geht es dir denn? Lange nicht gesehen. Hast du abgenommen? Wie lange seid ihr schon zusammen?

Cool, dich wiederzutreffen ...«

Ich selbst habe es an dem Abend voll übertrieben und zwölf Teile genommen. Zwölf fucking Teile. Ich glaube, ein normaler Mensch wäre dabei tot umgefallen. Mir ging es einwandfrei.

Einfach verrückt und ganz schön auffällig. Wir verkauften den größten Teil und behielten noch so zwanzig bis dreißig Teile in der Tasche. Wir wollten ja selbst noch etwas für uns aufheben und sagten einfach, dass wir nichts mehr hätten. Wir hatten echt einen geilen Abend, tranken, nahmen Drogen und feierten das Leben. Irgendwann war es Zeit, zu gehen. Es waren nur noch Besoffene unterwegs, die uns dumm anlaberten. Martin war völlig fertig mit der Welt und schrie immer wieder rum: »Laserpointerpisser«. Keiner wusste, was er damit meinte. Viele fanden es lustig. Andere regten sich darüber auf. Er ist sowieso zum Totlachen mit seinem ostdeutschen Akzent und seinem riesengroßen Mund. Ich mag ihn. Er ist wirklich ein geiler Typ.

Wir entschlossen uns, zum Taxistand zu laufen und bei uns daheim weiterzufeiern. Plötzlich kamen zwei Mädels an uns vorbei. Martin leuchtete sie mit seinem Laserpointer an und schrie wieder ganz laut: »Laserpointerpisser!« Die zwei Mädels sagten: »Was willst du hässlicher Vogel? Halt deine Fresse.« Sie gingen an uns vorbei und Martin schrie weiter: »Laserpointerpisser.« Ich habe mich richtig aufgeregt und laut gesagt: »Schau mal, hat die einen fetten Arsch da vorne.« Das Mädchen wusste genau, dass ich sie meinte, drehte sich um, rannte auf mich zu und schlug mir ihre Tasche voll ins Gesicht. Ich dachte: »Hätte ich mal lieber meine Fresse gehalten« und sagte: »Was willst du. Verpiss dich.« Meine Freundin Laura drehte völlig durch und rannte auf das Mädchen zu. Andere Leute gingen dazwischen und versuchten, uns auseinander zu halten. Es brach eine Schlägerei aus. Die andere Freundin ging auf Martin los und schlug mit ihrer Handtasche auf seinen Kopf ein. Martin störte das nicht. Er lachte sich kaputt. Jetzt war Laura richtig sauer und ging auf das Mädchen los. Sie traf sie mit einem heftigen Faustschlag direkt auf die Nase. Das Blut spritzte wie ein Springbrunnen aus ihrer Nase. Sie brach auf den Boden zusammen und blieb liegen. KO in der ersten Runde. So kannte ich Laura nicht. Die andere Freundin fing an zu heulen. Fremde Leute mischten sich ein und machten Stress mit uns.

»Oh mein Gott, hätten wir mal doch alles verkauft vorhin«, dachte ich. Die Taschen voll mit XTC und ein blutendes Mädchen vor uns direkt auf dem Boden. Wir schauten uns alle an und sagten: »Es wird Zeit, zu gehen.« Wir rannten den Berg hoch mit dem Gedanken, dass gleich die Bullen kommen würden. Und wenn die uns sehen würden, wäre denen sofort klar, was los ist. Wir liefen Richtung Taxistand. Als wir oben waren, stand kein Taxi da. Ich sagte, die anderen sollten warten, und rannte schnell um die Ecke, warf das restliche Zeug ins Gebüsch und versteckte es da. Ich kam zurück und hoffte, dass wir bald wegkämen. Als dann ein Taxi zu sehen war, sprang Martin auf die Straße, um das Taxi anzuhalten. Der Opel Astra Kombi hätte ihn fast über den Haufen gefahren. Wir stiegen alle ein und hielten noch am Gebüsch, um das Zeug mitzunehmen. Als wir aus dem Dorf fuhren, kam uns die Polizei entgegen. Wir hatten richtig Glück gehabt! Fuck the Police!

ICH BIN GLÜCKLICH Im Moment ist einfach alles perfekt. Ich habe nur noch Augen für Laura. Geld, Anerkennung und Freunde, das Leben ist Bombe. Ich bin so krass in sie verliebt. Haben wir gemeinsame Ziele? Keinen Plan! Eigentlich leben wir nur in den Tag hinein. Es besteht keine Notwendigkeit, etwas zu ändern oder zu klären. Alles ist gut, ich bin glücklich.

BEI MIR GEHT EINIGES Gestern chillten wir mit einem Kumpel von Laura bei ihr zu Hause. Wir hörten die ganze Nacht

Techno, nahmen Pillen, tranken Alkohol und kifften bis in den Morgen. Ich war noch voll auf XTC, als mein Handy klingelte und eine unbekannte Nummer angezeigt wurde. Beim zweiten Mal ging ich dran. Im Drogenrausch hörte ich, dass ein Kriminalpolizist mich aufforderte, sofort auf die Dienststelle zu kommen. »Wir haben Fragen an Sie.«

»Muss das jetzt sein?«, denn ich war ziemlich neben der Spur.

»Ja. Es gibt zwei Optionen. Entweder Sie kommen freiwillig vorbei, oder wir holen Sie.«

Ich schaute mich kurz im Zimmer um und antwortete, dass ich kommen würde.

Auf der Wache, die nur fünfhundert Meter entfernt war, saß ich dann wenige Augenblicke später, meine Kappe tief ins Gesicht gezogen. Mein Zustand ließ sich kaum verbergen.

Der Polizist fragte, ob ich mir vorstellen könnte, um was es geht.

»Nee, keine Ahnung. Ich habe eine weiße Weste. Ich bin ein ehrenhafter Bürger und habe mir nichts zu Schulden kommen lassen«, leierte ich herunter.

»Glaubst du wirklich, was du da erzählst? Denn das kann ich mir nicht so ganz vorstellen.«

»Doch, doch.«

»Ich würde dir gerne mal etwas vorspielen«, er drückte mir Kopfhörer in die Hand und zeigte mit dem Finger, dass ich sie aufsetzen sollte.

Ich hörte ein Telefonat von mir und Ali, einem Bekannten

von mir, der auch in der Schule Drogen verkaufte. Bei dem holte ich mir früher öfter mal Gras. Wir chillten auch gelegentlich zusammen und rappten. Eigentlich ein eindeutiges Telefonat: »Hey Daniel, was geht bei dir?«

»Bei mir geht einiges.

»Wirklich?«

»Ja, ja bei mir geht 'ne Menge.«

»Lass uns mal treffen.«

»Ja, alles klar.«

Wir machten noch einen Treffpunkt aus und beendeten dann das Telefonat.

Der Beamte wollte natürlich wissen, was ich da gemeint habe, als ich sagte: »Da geht einiges.«

Von der Situation und in meinem Zustand sowieso war ich ziemlich überfordert und perplex.

Alis Telefon wurde also abgehört.

Nun wollte der Kripo-Fuzzi auch noch wissen, in was für einer Verbindung ich zu Ali stand.

»Wir sind Bekannte aus der Schule.«

»Aber was hast du mit dem Satz gemeint?«

»Das sagt man halt bei uns so. Sie kennen ja die Jugendlichen von heute und unsere Sprache. Es ging darum, ob wir etwas feiern wollen.«

»Bist du dir da sicher?«

»Klar.«

»Hat das irgendetwas mit Drogenverkauf zu tun?«

»Wo denken Sie hin? Mit so etwas habe ich nichts zu tun.« Ich machte auf Unschuldslamm. Auch wenn ich total drauf war und mega Herzrasen hatte vor Aufregung. Er belächelte mich und meine Show.

»Ali sitzt in Untersuchungshaft.«

Der Polizist wollte wissen, ob ich ihm etwas über Alis Drogengeschäfte sagen könnte.

»Klar, ich will eine Aussage machen.«

Der Polizist freute sich schon und erwartete mit breitem Grinsen meine Aussage:

»Ich höre.«

Doch, als ich anfing, verging ihm sein blödes Grinsen wieder.

»Ich kann ihnen sagen. Der hat absolut nichts mit Drogenverkauf zu tun. Der ist so wie ich. Der raucht ab und zu mal einen Joint. Aber das war es dann auch. Mit Drogenverkauf hat er nichts zu tun.«

Genervt fragte er noch einmal.

»Bist du dir da sicher?«

»Ja, absolut. Der raucht nur mal einen, ist aber sonst ein anständiger Kerl.«

Ich unterschrieb meine Aussage und der Beamte ließ mich gehen. »Ich verspreche dir eines: Wir haben ein Auge auf dich.«

Das ist noch einmal gut gegangen. Der Bulle kann sich richtig ficken! Regel Nummer 1! Niemals bei den Bullen singen! Lieber würde ich selbst in den Knast gehen!

Doch meine Freundin und ich überlegen uns schon, ob es so gut ist, schräg gegenüber von der Polizei Drogen zu verkaufen.

Kapitel 3
Der Wendepunkt

e meine Art findest scheiße, weil ich sage halt o
fck, sei jetzt leise, das ist meine Weiße, doch
fast abends für ~~dein~~ en Freund Sachen streichen, o
noch wackeln, mit der Faust, ich prügel die g
eiße aus dir raus, komm aus deinem Haus, a
wieder rein, so ASI wie ich ~~kenn~~ man gar nicht
ein Bein, du fällst voll auf den Boden, ich ble
ohne Drogen, Drogen sind verboten, ich bin k
machst auf Grass, doch bist nur Nikotin, ich
kein Team, doch will es schaffen, und dann sc
auf euch ganzen Flaschen, leere Hosentaschen,
r mehr, ich will jetzt wechseln, und schrei YAA
die Feuerwehr, du willst mich überfallen, mit so
kehrt dir in den Bauch du machst „wow", ~~[illegible]~~
~~[illegible]~~ so, s[illegible] de
stept, und die Schwiegermutter sagt, der is
ficke deine [illegible] dass sie sag
mein Schwanz ganz tief in ihr steckt, ch
ich bleib hier, und chill mit deinem Freund

KEINE LUST AUF GRAS Heute saßen wir wie jeden Abend zusammen auf der Couch, füllten Tütchen mit den Pillen für den nächsten Tag ab und zählten unser Geld. Danach bereitete ich uns eine Mischung aus Tabak und Gras vor. Doch Laura lehnte ab und sagte, dass es ihr unheimlich schlecht gehe. Ich habe geraucht, und sie entschied sich doch für einen kleinen Kopf. Sie hatte immer noch keine Lust auf Gras, sagte sogar: »Das ist ja ekelhaft. Mir schmeckt das nicht mehr.«

»Was ist denn mit dir los? So kenne ich dich ja gar nicht«, meinte ich.

»Keine Ahnung. Es schmeckt heute einfach ekelhaft.«

Im ersten Moment habe ich mir noch nichts dabei gedacht. Doch ihr ging es immer schlechter, bis sie schließlich ins Bad rannte und ins Klo kotzte.

»Ey, was hast du?«, fragte ich besorgt.

»Weiß ich nicht. Allerdings habe ich meine Tage auch noch nicht bekommen.«

Ups, in dem Moment, als sie den Satz aussprach, schoss es uns beiden durch den Kopf. Konnte das denn sein? Durfte das sein? Was bedeutete das für uns? Unser Leben war bislang sorglos. Über Verhütung haben wir uns keine Gedanken gemacht. Wir liebten Sex auf Drogen, ohne dabei auf irgendetwas zu achten. Wir beschlossen, morgen einen Schwangerschaftstest zu machen.

SIE IST SCHWANGER! Wow, ich weiß gar nicht, was ich schreiben soll. Ich bin so unglaublich glücklich, habe aber auch große Angst vor unserer Zukunft. Ich werde Vater. Es sind noch einige Wochen bis zu meinem 18. Geburtstag. Ich wollte eigentlich die krasseste Party ever feiern. Aber jetzt ist die Party vorbei. Es gibt keinen Platz mehr auf meiner Party. Ich bin schwer drogenabhängig und habe keinen richtigen Plan für das Leben. Aber das muss sich jetzt ändern.

Meine Gedanken schießen durch die Decke. Natürlich ist sie die Frau, die ich liebe. Ich will und kann mir keine andere Frau mehr vorstellen. Wir sind eins. Das ist mit keiner anderen denkbar.

Im ersten Moment konnten wir es gar nicht fassen. Sie fing an zu heulen. Es war eine Mischung aus Glück und Angst vor der Zukunft. Bin ich der richtige Partner für sie? Sie kann ja nicht abschätzen, wie ich mich künftig verhalte, und schon mal gar nicht, ob wir unser Leben miteinander verbringen werden. Zuerst einmal muss sie davon ausgehen, dass ich genauso ein Depp bin wie ihre Exfreunde. Werde ich es mit ihr durchziehen und zu ihr stehen oder mich ganz schnell aus dem Staub machen? Laura kann all das nicht einschätzen. Sie schwor, ab diesem Tag mit den Drogen aufzuhören und alles für dieses kleine Wesen zu tun, was in ihrer Macht stand.

Meinem Kind wird es niemals so ergehen wie meiner Schwester und mir. Endlich habe ich einen Grund, mein Leben zu ändern. Ich möchte meinem Kind ein schöneres Leben bieten, als ich es hatte. Endlich habe ich überhaupt einen Grund für alles, warum ich lebe, warum ich da bin. Eine Aufgabe.

Ist das der Moment in meinem Leben, auf den ich so lange gewartet habe? Geht es darum im Leben? Familie? Liebe? Ziele?

PLÖTZLICH VERANTWORTUNG Wir verkauften den Rest an Drogen und schworen uns, dass unser Kind ein glückliches Leben führen wird.

Auch, wenn ich alles andere als erwachsen bin und keineswegs einschätzen kann, was diese Verantwortung bedeutet. Doch mein Ziel ist ganz klar, diese Herausforderung zu meistern, die Chance auf Glück zu ergreifen und nie wieder loszulassen.

Gestern Abend beschlossen wir, dass es das war. Wir wollen das jetzt zusammen durchziehen.

Wir hatten noch fünfhundert Pillen in dem Rohr von Lauras Futonbett versteckt. Den Stopper des Rohrs hatten wir immer abgezogen und die Tüten mit einem Stock reingestopft. Rausholen mussten wir die Ware mit dem Staubsauger.

Doch unser Entschluss steht: Wir wollen aufhören mit dem Dealen. Ab jetzt gehen wir den geraden Weg. So richtig spießig: eigenes Haus, Kinder, heiraten und sonntags mähe ich den Rasen.

Noch am gleichen Abend telefonierte ich mit einem Bekannten und bot diesem unsere fünfhundert Teile zu einem so guten Preis an, dass er sie direkt abholte. Vorher kam ein letztes Mal der Staubsauger zum Einsatz und ich nahm noch diese eine Pille.

MAMA, PAPA, KIND Ich möchte, dass meine Kinder mit Mama und Papa groß werden. Das ist mir ganz wichtig. In meiner Kindheit war es anders. Und so darf es in meiner Familie nicht kommen.

Ich erinnere mich noch an den Abend nach einer Zeit, in der Streitereien zwischen meinen Eltern wieder an der Tagesordnung waren und zunehmend eskalierten. Da passierte das, was ich schon lange befürchtete. Ich hatte mich gerade an den abendlichen Streit, die Schreierei und die Tränen gewöhnt, als sich alles änderte. An diesem Abend kam meine Mutter nicht an mein Bett, um mir gute Nacht zu sagen.

Diesmal flüsterte sie: »Daniel, steh auf, zieh deine Jacke und deine Schuhe an, wir gehen!«

Ich fragte: »Mama, wo willst du hin? Es ist dunkel und mitten in der Nacht.«

»Komm einfach mit. Wir gehen. Wir ziehen aus!«

Ich hörte auf meine Mutter, weil ich ihr helfen wollte. Auch wusste ich, dass mein Vater mit dem Auto weggefahren und die Gelegenheit günstig war.

Draußen regnete es in Strömen. Wir sind im Dunkeln durch den Regen ins Nachbardorf gelaufen. Ich fragte sie mehrfach: »Mama, was ist los? Wo gehen wir hin?« Doch sie schwieg und lief weiter. Der Regen und der Wind spülten unsere Tränen weg. Unter einer Autobahnbrücke warteten wir dann auf den neuen Freund meiner Mutter. Er fuhr uns in seinem BMW zu seinem Haus in einem anderen Dorf.

Ich hatte den Mann noch nie gesehen. Kurze Zeit später sollten meine Schwester und ich in seinem Gästezimmer schlafen. Aus einem nagelneuen Haus waren wir plötzlich in den oberen Stock eines alten Hauses, der nur über eine enge Treppe zu erreichen war, gezogen. Das Anwesen des für uns unbekannten Mannes lag mitten im Wald. Unser neues Zimmer war mit alten Möbeln zugestellt. Auf dem Boden lagen zwei Matratzen, auf denen meine Schwester und ich schlafen sollten. Mir war mulmig. Doch ich nahm alles, wie es kam. Meine Mutter wartete an diesem Abend bei uns, bis wir eingeschlafen waren. Man merkte ihr zwar die Aufregung noch an, aber sie war viel ruhiger, weinte auch nicht mehr und sagte: »Jetzt wird alles gut.«

Klaus war nett und hatte selbst einen kleinen Sohn im Alter meiner Schwester, der in einem anderen Zimmer schlief. Im unteren Stock wohnte seine Mutter. Wir machten es uns oben in sehr beengten Verhältnissen gemütlich. Mit dem Jungen verstand ich mich auch sehr gut. Meine Mutter war endlich wieder glücklich.

Doch auch dieses Glück dauerte nicht lange. Mein Vater bemühte sich nach gewisser Zeit der Funkstille wieder stark um meine Mutter. Er unternahm viel mit uns, ging mit uns in den Zoo oder mit mir zum Fußball. Dann plötzlich eines Tages sagte meine Mutter recht unvermittelt beim Frühstück: »Wir gehen zurück zu Papa.«

Und schon kurze Zeit später erschien sein weißer Golf, und wir stiegen alle zusammen mit unserem Gepäck zu unserem Papa ins Auto. Es schien, als würde unsere Welt sich zum Guten wenden. Doch schnell ging alles wieder von vorn los, Streitereien, Handgreiflichkeiten und Tränen.

Das lief so lange, bis sich ein neuer Freund meiner Mutter zeigte, in dessen große neue Eigentumswohnung wir dann zogen. Mit Hans ist meine Mutter bis heute verheiratet. Für uns war es wieder eine neue Umgebung ohne Freunde. Die

Wohnung war sehr weit von der Schule entfernt. Auf dem Weg zu ihrer Arbeit brachte mich meine Mutter dann jeden Morgen in die Schule. Trotzdem hatten wir nie Geld. Es reichte einfach nicht, was sie verdiente, jedenfalls nicht für die Wünsche, die ich hatte. Es war eine absolut trostlose Zeit in der beengten Eigentumswohnung. Meine Schulfreunde wohnten weit weg, und wir blieben immer nur zu Hause, ohne etwas Richtiges machen zu können. Es war eine Hölle der Langeweile, außer wenn mein Papa uns holte. Zu meinem Opa, bei dem es früher immer so lustig war, hatte ich mittlerweile keinen Kontakt mehr.

Opa baute zu dieser Zeit sein eigenes Unternehmen auf und ließ sich nicht blicken. Viel zu beschäftigt, um noch mit uns zu spielen. Seine Anwesenheit beschränkte sich auf wenige Augenblicke, wenn er an Weihnachten seine völlig unpassenden Geschenke vorbeibrachte.

ACAB Heute Morgen wurden wir bei ihr wach. Ich rauchte einen Kopf und stellte die Bong auf den Kleiderschrank. Danach tranken wir einen Kaffee zusammen und sind zur Schule gelaufen. Ganz glücklich, ganz in Gedanken: Ich werde Vater, sie wird Mutter.

Im Unterricht klingelte plötzlich mein Handy immer wieder, bis ich raus vor die Tür ging. Laura war im Sekretariat. Sie hatte einen Anruf von ihrem Betreuer bekommen, dass die Kriminalpolizei gerade bei uns beiden eine Hausdurchsuchung durchführte. Wir sollten sofort vorbeikommen. Jeder ging in seine Wohnung. Bei mir versperrte ein Siegel die Tür. Ich machte sie auf und fand all meine Sachen, Klamotten, einfach alles auf dem Boden verstreut. Die Polizei hatte nur einige Verpackungstütchen und meine Digitalwaage mitgenommen. Anschließend bin ich wie ein Geisteskranker zu Laura gerannt. Zum Glück hat die Polizei nicht die Bettstange aufgemacht. Viel war zwar nicht mehr drin, aber einzelne Tütchen mit Resten von zerbröselten Pillen lagen dort noch versteckt. Nur die Bong auf dem Kleiderschrank, sonst hatten sie nichts gefunden.

Als alle weg waren, nahmen wir uns in den Arm und jubelten, schrien und tanzten ausgelassen. Unfassbar. Hätte ich gestern Abend nicht den Kumpel angerufen, säße ich heute schon im Knast. Bei der Menge an Stoff wäre das ganz schön ernst geworden. Wir hatten beschlossen, unser Leben zu ändern. Doch das wäre ohne die spontane Entscheidung, alles an den Kollegen zu verkaufen, hinfällig gewesen. Unser ganzes Leben, so schön es gerade vor uns liegt, wäre mit einem Schlag zerstört gewesen: ich im Knast, sie allein und schwanger. Ab jetzt ist klar, dass das der richtige Weg ist.

DIE LETZTE CHANCE Eine weitere Herausforderung stellt unser Glück gerade auf die Probe: Nie hatte ich die Auflage der Polizei erfüllt, regelmäßig meinen Urin abzugeben. Heute bekam ich vom Gericht einen Brief, in dem steht, dass ich mich verpflichtet habe, ein halbes Jahr lang einmal monatlich Urin abzugeben. Dem bin ich bis zum heutigen Zeitpunkt nie nachgekommen. Letztmalig habe ich nun die Chance, das nachzuholen, schreiben sie. Ansonsten droht Jugendarrest. Fuck.

Mein Körper ist voll mit Drogen. Bei einer Urinkontrolle wird der Test wahrscheinlich explodieren ...

Was soll ich nur machen? Das alles erzählte ich Harald auf der Couch, als ich einen Kopf rauchte. Ich habe mir zwar vorgenommen, mit allem aufzuhören. Aber zum aktuellen Zeitpunkt ist mein Urin noch nicht sauber.

Ich rief beim Arzt an und bekam einen Termin in schon vier Tagen. Haralds Tipp ist, viel Tee zu trinken. Aber in vier Tagen ist wohl nicht alles ausgespült. So viel Tee kann doch kein Mensch trinken. Dann hatte er den Masterplan: ein gefülltes Kondom mit sauberem Urin. Das Ganze versteckt man dann in seiner Unterhose. Auf der Toilette der Praxis muss man das verknotete Kondom nur aufbeißen und den Inhalt in den Becher leeren. Von meiner Frau kann ich den Urin nicht nutzen, sonst gratulieren die mir zur Schwangerschaft. Harald hatte dann die Idee, ich solle einfach Urin von seinem zehnjährigen Sohn nehmen. Geile Sache, mein Plan steht!

KONDOM IN DER UNTERBUCHSE Heute war der große Tag. Um das Kondom mit dem Urin verstauen zu können, habe ich mir extra eine Unterbuchse von Harald geliehen. Durch meine Boxershorts wäre beim Laufen alles durchgerutscht. In der Praxis konnte ich die Sprechstundenhilfe vor meinem Toilettengang kaum abwimmeln. Sie wollte unbedingt mit. Aber ich sagte, dass ich mich vor ihr nicht trauen würde zu pinkeln. Sie schüttelte den Kopf: »Mensch, Mensch, Mensch, du bist nicht der erste Mann, den ich beim Pinkeln sehe. Geh halt rein und mach die Tür zu.« Jackpot! Ich hatte es geschafft. Ich musste nun nur noch das Kondom aufbeißen und in den Becher füllen. Alles klappte: »Gott sei Dank. Das geht so einfach. Das mache ich jetzt immer so.«

TOR 1 Heute schliefen wir bei mir. Es war ein sonniger Tag, mein Leben war herrlich. Bis zu dem Zeitpunkt, als ich an den Briefkasten ging. Ein Brief vom Gericht war drin, und ich dachte gleich an nichts Gutes. In dem Schreiben stand, dass ich gegen die Vereinbarungen verstoßen hätte, da der Test auf THC positiv sei. Ich bin aus allen Wolken gefallen und zeigte das Schreiben Laura, die sofort in Tränen ausbrach. Das Ganze ist verbunden mit einer Vorladung des Gerichts. Ich soll mich ein paar Tage später zum Antritt beim Jugendknast, Tor 1, melden und meine Haft für zwei Monate antreten. Zahnbürste und andere Dinge, die ich mitbringen kann, sind gleich mit aufgelistet. Was soll ich nun machen? Die Vergangenheit holt mich immer wieder ein. Ich habe doch jetzt Ziele und Träume. Doch es soll anscheinend nicht sein. Meine letzte Chance ist der Sozialarbeiter aus der Wohngruppe meiner Freundin. Er hat uns schon öfter aus der Scheiße geholfen.

AB JETZT SAUBERER URIN Glück gehabt. Ich habe mit dem Sozialarbeiter aus der Wohngruppe einen Brief an den Richter geschrieben. Wir schilderten ihm meine aktuelle Situation. Ich werde Vater und bin entschlossen, ab jetzt einen geraden Weg zu gehen. Deshalb baten wir um Begnadigung, verbunden mit dem Versprechen, dass ich in Zukunft regelmäßig sauberen Urin abgeben und keinen Scheiß mehr bauen würde. Der Richter ließ sich darauf ein. Ab jetzt gibt's sauberen Urin von meiner Freundin. Mittlerweile weiß ich, dass das Labor wirklich ausschließlich nach Drogen sucht. Ich habe mich von chemischen Drogen verabschiedet. Aber den gelegentlichen Joint möchte ich mir nicht nehmen lassen.

HAPPY BIRTHDAY, DANIEL Heute wurde ich 18 Jahre alt. Was habe ich bisher in meinem Leben erreicht? Nichts! Andere haben heute ihren Führerschein in der Hand. Die meisten wahrscheinlich auch bald ihre Ausbildung beendet. Ich habe nichts. Aber das wird sich jetzt ändern. Ich bin bereit für das normale Leben. Laura hat mich heute überrascht. Auf dem Tisch stand eine Benjamin-Blümchen-Torte und das Album von 50 Cent. Das habe ich mir gewünscht. Früher wäre ich einfach in den Müller reingelaufen und hätte es mir geklaut. Aber das ist jetzt vorbei. Mein Vater hat mich heute Morgen auch angerufen. Nachdem er mir gratuliert hat, kam die übliche Standpauke: Dass es Zeit wird, mein Leben in die Hand zu nehmen. Dass er hofft, dass ich zur Vernunft komme. Am liebsten hätte ich ihm gesagt, dass er Opa wird. Er weiß nicht mal, dass ich vergeben bin. Wahrscheinlich interessiert es ihn auch nicht. Wichtig ist nur, was die anderen Leute denken. Meine Mutter ist heute Mittag kurz vorbeigekommen. Auch sie hat versucht, mir das Leben zu erklären. Ich werde es besser machen als ihr. Das verspreche ich euch, Mama und Papa.

DANKE FÜR DIE EINLADUNG Mein Vater hatte wohl mitbekommen, dass ich eine Freundin habe und lud uns zum Essen ein. Im Moment sehe ich ihn sehr selten. Unsere Beziehung ist nicht gut. Die Gelegenheit wollten wir nutzen, um ihm von unserem Familienzuwachs zu erzählen. Er wohnt immer noch in der gleichen Wohnung. In die ist er gezogen, nachdem meine Eltern das Haus verkauft haben. Seine neue Freundin war an diesem Mittag auch dabei. Ich hatte sie noch nie zuvor gesehen. Sie war mir von Anfang an sympathisch. Wir waren kurz vor dem Treffen sehr aufgeregt. Beide gaben sich große Mühe und hatten etwas Leckeres gekocht. Auf dem Tisch standen frische Blumen. Wir wurden sehr herzlich empfangen. Als ich nach dem Essen ansetzte, dass es etwas zu erzählen gibt, wusste er schon, was kommen wird. Wie es die Eigenart meines Vaters ist, wenn er sich aufregt, lief er wieder Weinschorle trinkend auf und ab. Ich nahm meinen ganzen Mut zusammen und ließ die Bombe platzen: »Papa, Laura ist schwanger. Ich werde Vater.« Sein Gesicht ist bis auf den Boden gefallen. Seine Freundin hat sich das Kennenlernen wahrscheinlich auch anders vorgestellt. Das schwarze Schaf der Familie bekommt ein Kind. Das passt so gar nicht in den Plan meines Vaters. Drogenabhängig, kein Job und jetzt noch ein Kind! Er flippte aus und laberte genau das, was ich erwartetet: »Das darf nicht wahr sein. Das passt nicht. Du hast kein Geld, keine Ausbildung, keinen Job, was soll das werden, was willst du dem Kind bieten?«

Er ging mir so auf die Eier, dass ich zu Laura sagte: »Komm, wir gehen.«

Und jetzt mal ehrlich. Genau damit habe ich gerechnet. Ich musste mir sowieso Sachen anhören wie: »Das arme Kind ...

Jetzt bekommen die Junkies auch noch ein Baby.«

Ich denke mir dann nur: »Haltet einfach eure Fresse!«

NEUER JOB – NEUES GLÜCK Meine Mutter freut sich unglaublich auf ihr Enkelkind und unterstützt uns, wo sie kann. Über einen Bekannten fand sie eine tolle Wohnung in einer alten, umgebauten und sanierten Kaserne für uns.

Ich muss jetzt für unsere kleine Familie sorgen und mein Leben in den Griff bekommen. Es wird Zeit, auf legale Weise Geld zu verdienen. In der Gastronomie zu arbeiten, hat mir schon immer Spaß gemacht. Also unternahm ich einen neuen Anlauf. Gestern marschierte ich einfach in das Brauhaus, in dem ich selbst öfter Gast bin und fragte bei der Bedienung an der Theke: »Ist der Chef da?«

Als der Chef aus dem Büro im oberen Stock runterkam, begrüßte ich ihn direkt: »Servus, ich bin der Daniel. Ich suche eine Lehrstelle als Koch. Braucht ihr zufällig jemanden?

»Hast du Bewerbungsunterlagen dabei?«

»Nee, aber ich kann dich mit meiner Arbeit überzeugen.«

Mit einem fetten Lachen sagte er: »Okay, alles klar. Komm morgen vorbei und mach eine Woche Praktikum.«

»Ich bin morgen dabei«, so einfach ist das.

BEREIT FÜR DEN GERADEN WEG Heute Morgen machte ich mich auf den Weg. Ich bin bereit, mein Leben zu ändern und meiner Familie eine sorgenfreie Zukunft zu bieten. Gestern Abend habe ich noch meine Kochjacke selbst gebügelt. Das habe ich von Papa gelernt. Es konnte losgehen.

Hoch motiviert und selbstbewusst bin ich in die Küche marschiert. Der Küchenchef zeigte mir, wo ich mich umziehen kann. Als erstes musste ich Zwiebeln und Kartoffel schälen und gleich danach das Geschirr spülen. »Vom Tellerwäscher zum Millionär.« Mal schauen, ob das klappt.

Die Küche ist neu und modern. Alles läuft im Teildienst von 9 Uhr bis 13 Uhr und von 17 Uhr bis spät in die Nacht. Außer mir und Rudi, dem älteren, ostdeutschen Küchenchef, der entweder von seiner Zeit im Osten erzählt oder rummotzt, arbeitet noch eine rumänische Küchenhilfe mit großen Brüsten und einer noch größeren Klappe dort. Sie lässt sich nichts gefallen und schreit sogar mit dem Chef rum. Sie kam heute eine Stunde zu spät zur Arbeit und rauchte trotzdem erst einmal zwei Zigaretten. Rudi ermahnte sie, sie solle endlich mit der Arbeit anfangen. Sie motzte ihn an und sagte, sie könne wieder nach Hause gehen, wenn er ein Problem habe. Ich glaube, hier werde ich viel Spaß haben.

ALLES WIRD GUT Meine Schwester wohnt immer noch bei meiner Tante und deren Familie. Ich bin so froh. Ihr geht es jetzt deutlich besser und sie kümmern sich liebevoll um sie. Kontakt haben wir immer noch keinen. Ich hoffe, sie geht den geraden Weg.

ZWIEBELN SCHÄLEN Die Praktikumswoche habe ich straight durchgezogen. Und der Chef sagte dann, ich bekomme meine Chance. Also unterschrieb ich den Lehrvertrag.

Ich durfte direkt ins zweite Lehrjahr einsteigen, weil ich die Ausbildung ja schon einmal fast abgeschlossen hatte.

Außer den üblichen Idiotenarbeiten wie Zwiebeln und Kartoffeln schälen darf ich inzwischen auch die Salate vorbereiten. Ich bin der Chef an der Salattheke. Jedenfalls bilde ich mir das ein. Rudi sieht das sicherlich anders. Das ist mit meiner Erfahrung keine große Sache, zumal Fotos der Salate vor mir an der Wand hängen. Idiotensicher! Alle sind sehr zufrieden mit meiner Arbeit. Ich liebe den Job.

Das Lokal ist immer gut besucht. Am Wochenende spielt meistens eine Live-Band, und es ist die Hölle los. Ein Essen nach dem anderen geht dann raus. Die Bedienungen motzen rum. Rudi schreit sie an. Die rumänische Küchenhilfe eskaliert. Einfach geil. Kurz vor Feierabend gibt's frisch gezapftes Bier für jeden. Dann drehen wir die Musik in der Küche auf und putzen.

MEIN LEBEN HAT EINEN SINN Die Zeit geht rum wie im Flug. Laura besucht trotz Schwangerschaft immer noch die Berufsschule, um ihren Abschluss zu machen. Ich arbeite morgens. Mittags habe ich drei Stunden Pause. Laura ist dann schon zu Hause, und ich bringe Mittagessen für uns mit. Käsespätzle mit Röstzwiebeln. Sie liebt es. Und mein Baby anscheinend auch. Gegen Abend gehe ich wieder zur Arbeit bis spät nachts.

Lauras Hormone spielen ab und zu verrückt. Dann hat sie schlechte Laune. Aber da stehe ich drüber. Ansonsten verstehen wir uns echt super und freuen uns auf unseren Nachwuchs. Bei den Frauenarztterminen versuche ich immer dabei zu sein.

Inzwischen wissen wir, dass wir ein Mädchen bekommen. Eine kleine Prinzessin. Ich freue mich unglaublich. Meine eigene Familie.

Ist das das Leben, das ich immer wollte? Ja! Mein Leben hat einen Sinn und ich eine Aufgabe. Meine Tochter wird den geraden Weg gehen. Dafür werde ich sorgen.

MEIN BABY Ich bin Vater. Dieses Glücksgefühl, als ich sie in meinen Armen hielt und sie meinen Finger fest in ihre kleine Hand nahm und nicht mehr loslassen wollte. Mein Baby! Meine kleine Prinzessin. Die Tränen flossen mir unaufhaltsam aus den Augen. Das ist also Liebe. Keine Droge dieser Welt konnte mir jemals so ein schönes Gefühl geben, wie dieser Moment. Es ist nun meine Aufgabe, dieses kleine Wesen zu beschützen und glücklich zu machen.

Sätze wie: »Jetzt bekommen die zwei Junkies auch noch ein Baby«, sind bedeutungslos. Ab sofort wird unser Weg ein anderer sein. Es zählt nur noch die Familie. Ich bin so stolz auf Laura. Wie sie das alles gemeistert hat. Wir schaffen das!

KLASSENCLOWN Es ist schade, dass ich meine kleine Tochter so selten sehe. Meine Freundin kümmert sich liebevoll um sie, aber mir bleibt nur ein einziger freier Tag, um meine Tochter zu genießen. Dann führen wir ein richtiges Familienleben, gehen auf den Spielplatz und in die Stadt. Ich bin sehr stolz auf meine kleine Familie. Auch wenn ich gelegentlich das Gefühl habe, etwas zu verpassen. Die anderen machen Party. Für mich gibt es nur Arbeit und Familie. Die anderen feiern und vögeln rum, und ich arbeite oder bin zu Hause und bin der brave Familienvater. Einerseits bin ich froh, endlich eine eigene Familie zu haben und alles besser machen zu können, auf der anderen Seite denke ich: »Fuck, ich könnte mein Leben genießen.«

Nach jeweils acht Wochen arbeiten im Betrieb kommen vier Wochen Blockunterricht in der Berufsschule. Das ist echt nervig. Allein weil der Zug morgens um 5:45 Uhr abfährt! Wenn ich den verpasse, komme ich ein paar Stunden zu spät in die Schule. Morgens gönne ich mir meistens auf dem Schulweg einen kleinen Joint. Ansonsten kiffe ich zurzeit echt wenig. Andere Drogen nehme ich überhaupt nicht mehr. In der Berufsschule bin ich der Klassenclown. Ich kann einfach nicht die Klappe halten und habe immer einen dummen Spruch auf Lager. Die Lacher meiner Mitschüler sind auf meiner Seite.

ALLES VERÄNDERT SICH Seit unsere Tochter auf der Welt ist, hat sich das Verhältnis zu meinem Vater verändert. Ich habe das Gefühl, dass er alles, was bei mir schiefgelaufen ist, bei meiner Tochter nun nachholen möchte. Zumal mein Vater mitbekommen hat, dass ich wieder in einer Berufsausbildung bin. Seit dieser Zeit unterstützt er uns, wo immer es nötig ist. Er ist ein echt guter Opa. Meine Mutter besorgte uns eine Wohnung in dem gleichen Viertel, wo auch mein Vater wohnt. Wir sehen uns inzwischen fast täglich. Mein Vater hat sich mit seiner Lebensgefährtin dort eine Wohnung gekauft. Sie passen häufiger auf unsere Tochter auf, wenn wir mal in die Disco wollen. Alles verändert sich gerade ins Positive, auch wenn wir bis heute andere Ansichten über das Leben haben.

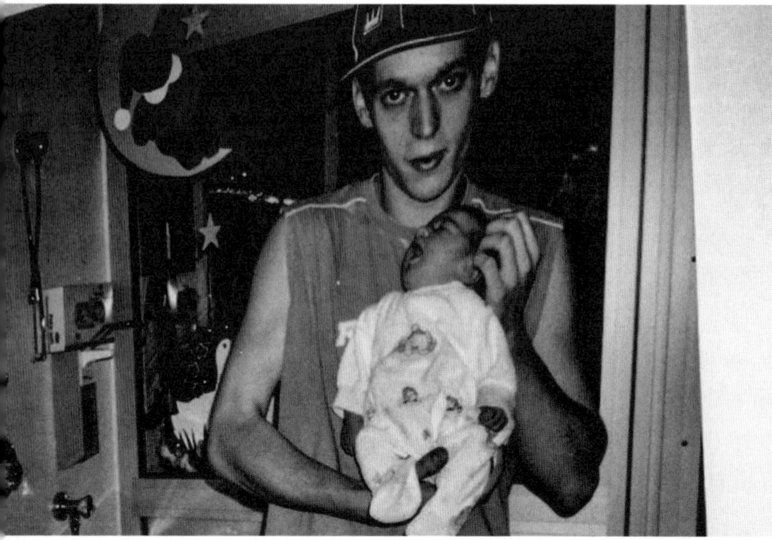

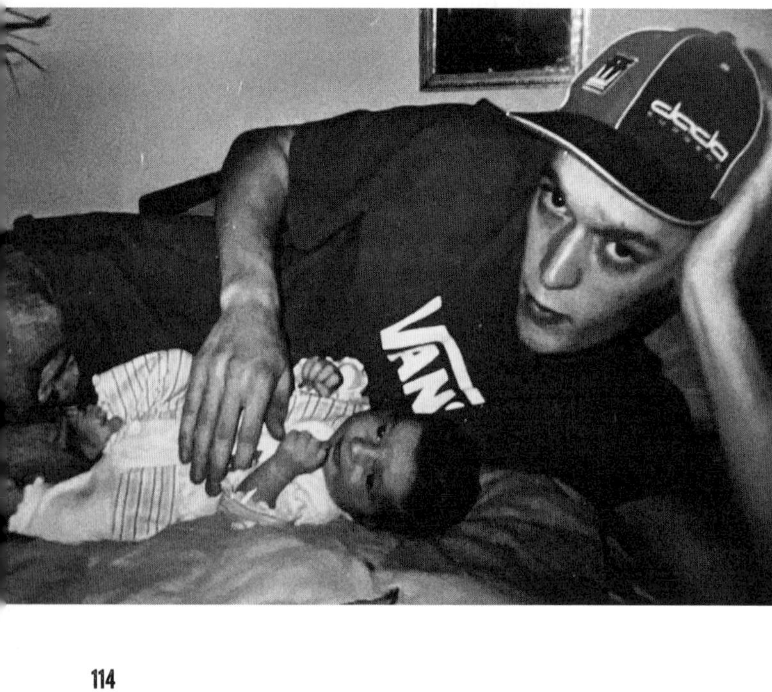

LEHRJAHRE SIND KEINE HERRENJAHRE Meine Ausbildung kotzt mich einfach nur noch an. Für ein paar hundert Euro im Monat arbeite ich vierzehn Stunden am Tag und manchmal mehr. Die paar Kröten, die ich bekomme, landen viel zu spät auf meinem Konto. Meine Familie sehe ich kaum. Jeden Tag beiße ich meine Zähne zusammen und schleppe meinen Arsch in die Arbeit. Doch lange halte ich das nicht mehr aus!

In der Schule läuft es auch beschissen. Ich war noch nie der theoretische Typ, mehr ein Macher, ein Arbeiter.

BLUT AN DER LIPPE Das ist nochmal gut gegangen: Meine Tochter hat mir vor zwei Wochen in die Lippe gebissen, als ich ihr einen Kuss geben wollte. Ich blutete heftig und sah, dass auch sie mein Blut an ihrer Lippe hatte. Da schoss es mir durch den Kopf, was damals gewesen war. Ich habe aus dem Glas getrunken, in dem Harald seine Heroinspritzen sauber machte. Die Angst schoss durch meinen ganzen Körper. Muss dieses kleine unschuldige Wesen jetzt dafür geradestehen? Aids? Hepatitis? Oh, mein Gott! Ich bin fast verrückt geworden. Sofort habe ich mich beim Arzt durchchecken lassen auf Aids, auf Hepatitis und alle anderen Krankheiten. Das Warten auf das Testergebnis war die Hölle, aber Gott sei Dank, alles ist gut.

FICK DICH, ICH KÜNDIGE! Heute platzte die Bombe. Die Schikanen der Juniorchefin und ihre dummen Sprüche gingen einfach zu weit. Als ich wieder den Kühlschrank zwei Mal putzen sollte, weil er angeblich nicht sauber war, hat es mir gereicht. Dann spottete sie: »Wer in dem Alter schon Kinder machen kann, der sollte etwas schneller arbeiten können.« Ich nahm einen Stapel Teller und warf ihr diesen einfach vor die Füße: »Fick dich, ich kündige!«

Meine Freundin war überhaupt nicht begeistert und weinte. Voller Angst fragte sie mich: »Wie soll das weitergehen? Daheim ein Kind und arbeitslos?«

»Nix arbeitslos. Ich suche mir jetzt einen Job, bei dem ich richtig Geld verdiene. Scheiß auf Ausbildung.«

PIZZABÄCKER Gesagt, getan! Ich wollte weiterhin in der Gastronomie arbeiten, weil ich es liebe. Außerdem esse ich gerne Pizza. Also war es naheliegend, mich in meiner Lieblingspizzeria als Küchenhilfe zu bewerben. Ich bin einfach hingeschlappt und habe gesagt: »Ich brauche einen Job.«

Nach einigen Tagen Probearbeit habe ich diesen auch bekommen. Ab sofort bin ich Pizzabäcker. Zu meinem Arbeitslosengeld verdiene ich 1.600 Euro cash. Wir haben jetzt ausreichend Geld und können sehr gut leben. Auch wenn das nicht legal ist. Aber das war es ja noch nie so ganz bei mir.

In der Pizzeria muss ich auch morgens arbeiten, habe dann drei Stunden frei und muss abends wieder hin. Aber wenigstens werde ich jetzt korrekt für meine Arbeit bezahlt und bekomme kostenlos Pizza. Was will man mehr? Mein Traum ist es, irgendwann mal selbst einen Gastronomiebetrieb zu haben. Eine Kneipe wäre geil.

ICH BIN STOLZ Meine Schwester macht eine Ausbildung zur Rechtsanwaltsfachangestellten. Ich bin so stolz auf sie. Ich habe gewusst, dass sie es schafft. Sie wohnt immer noch bei meiner Tante. Sie hat sogar ein Auto. Läuft bei ihr. Außerdem weiß man nie, ob ich nochmal einen Anwalt brauche.

KNOTEN AM HALS Bald wird meine Prinzessin ein Jahr alt. Ich hoffe, wir bleiben alle gesund und werden gemeinsam glücklich. Im Moment geht es mir beschissen. Als ich heute Morgen geduscht habe, bemerkte ich am Hals komische Knoten.

Seitdem fummle ich den ganzen Tag an diesem Knoten rum. Ich werde bald verrückt. Natürlich habe ich gleich bei Google nach »Knoten am Hals« gesucht. Was dort gestanden hat, ist nicht gerade beruhigend. Das Wort »Krebs« geht mir den ganzen Tag durch den Kopf. Ich vergesse dieses Wort nie aus der Zeit, als ich noch ein kleiner Junge war: »Daniel, ich habe Krebs.« Muss ich diesen Satz auch eines Tages zu meiner Tochter sagen?

Ich kann mich noch ganz genau an damals erinnern. Es war keine schöne Zeit. Die Erwachsenen in meiner Umgebung haben immer Alkohol getrunken. Das kannte ich schon lange. Im neuen Haus wurden die Streitigkeiten heftiger. Fast schlugen sie sich die Schädel ein. Ich war nicht mehr ihr »Mümmelmann«, meine Schwester nicht mehr ihr »Törtel«. Alles drehte sich seit dem Hausbau um ihren Scheiß. Meine Eltern waren derart mit sich selbst beschäftigt, dass sie von mir und meiner kleinen Schwester nichts mehr mitbekamen. Die Kämpfe meiner Eltern wurden immer erbitterter. Meine Schwester weinte viel. Sie konnte das nicht ertragen und ist bei jedem Streit völlig außer sich zu mir in mein Zimmer gekommen. Sie hatte große Angst, dass Mama und Papa sich verletzen würden. Ich habe mich dann oft mit ihr oben auf die Treppe gesetzt und den Arm um sie gelegt. Doch so sehr ich auch auf sie aufpassen wollte, mein ganzer Trost reichte nicht aus. Ich hatte selbst Angst davor, dass meiner Mama etwas passierte, dass unsere Familie auseinanderbrechen würde. Die Tränen meiner Schwester flossen ohne Ende. Es zerriss mir das Herz. Umso mehr, weil anschließend auch meine Mutter weinend zu uns kam. Sie sagte zwar unter Tränen, dass sie uns lieb habe und alles wieder gut werden würde, doch so ratlos und konfus, wie sie auf uns wirkte, konnten wir diesen Worten keinen Glauben schenken.

Eines Tages war meine Mutter völlig neben der Spur. Obwohl sich die Streitereien meiner Eltern in den letzten Tagen etwas gelegt hatten. Einmal sah ich sogar, wie mein Vater meine Mutter tröstend in den Arm nahm. Irgendwas war anders. An diesem Abend kam sie an mein Bett, umarmte mich, weinte und sagte: »Ich war beim Arzt. Der Arzt hat gesagt, ich sei schwer krank.«

»Was hast du, Mama?«

»Ich habe Krebs.« Dieser Satz brannte sich tief in meinen Kopf ein: »Ich habe Krebs. Ich habe Krebs. Ich habe Krebs.«

Ich wusste, dass meine Oma, die von meiner Mutter lange gepflegt worden war, und auch mein Opa an Krebs gestorben waren. Krebs war in meiner Vorstellung das Schlimmste auf der Welt. Der Tod. Das Ende. Jetzt wurde mir klar, warum mein Vater meine Mutter getröstet hatte.

Meine Mutter sagte mir, dass man sie in wenigen Tagen operieren würde. Ich dachte bis dahin an nichts anderes mehr. Abends tröstete ich sie, streichelte ihren Kopf, wenn sie weinte, und versuchte sie zu beruhigen: »Mama, wir packen das. Du wirst wieder gesund.«

Auch wenn ich große Angst hatte, was passieren konnte: Würde ich zu meiner Oma kommen und müssten wir wieder aus dem Haus ausziehen? Was würde aus meiner Schwester und mir werden? Dürften wir zusammenbleiben? Müsste ich die Schule wechseln?

Mein Vater war in dieser Zeit besonders lieb zu meiner Mutter und gab sich große Mühe, was mir noch mehr den Ernst der Lage vor Augen führte. Den Tag der Operation habe ich wie im Film wahrgenommen. Ich war zwar in der Schule, aber in Gedanken bei meiner Mutter im Krankenhaus. Mein Vater holte mich von der Schule ab, und wir fuhren zu meiner Mutter.

Als wir in das Krankenhauszimmer kamen, sahen wir meine Mutter geschwächt von der Operation, aber mit einem Lächeln. Sie sagte: »Alles wird gut.« Die Ärzte hatten ihr berichtet, dass alles entfernt worden war und sie eine sehr günstige Prognose habe, wieder ganz gesund zu werden.

Den Krebs besiegte sie wirklich. Aber ihre Psyche erkrankte. Hypochondrie, Angstzustände und Depressionen sollten sie ab jetzt begleiten. Die Grundlage hierfür war vielleicht auch der frühe Tod ihrer Mutter.

Meine Mutter pflegte unsere Oma bis zum Tod. Damals lebten wir noch in dem Elternhaus meiner Mutter. Ich war gerade geboren. Nachdem meine Oma starb, hielt es meine

Mutter nicht mehr in dem Haus aus. Zu viel erinnerte sie an ihre Mutter. Deshalb verkauften sie es und bauten neu.

Mir wurde immer erzählt, was für eine tolle Frau meine Oma war. Eine Geschäftsfrau. Sie hatte das Familienunternehmen geschickt und fleißig geschmissen, hielt die Familie zusammen und meinem Opa den Rücken frei. Alle sagten ihr einen super Charakter nach und große Liebenswürdigkeit. Leider war ich zu klein, um mich noch an sie erinnern zu können.

ICH WILL NICHT STERBEN Tagelang habe ich mich davor gedrückt. Ich konnte an nichts anderes mehr denken. Den ganzen Tag nur an diese scheiß Knoten. Meine Freundin sagte, ich soll zum Arzt gehen. Und das habe ich heute auch gemacht.

Der Hausarzt beruhigte mich, das seien normale Lymphknoten, aber zur Sicherheit schlägt er vor, ein MRT machen zu lassen.

Einen Termin habe ich erst in der nächsten Woche bekommen. Ich habe solche Angst. Ich will nicht sterben.

ES KÖNNTE AUCH KREBS SEIN Es war so weit. Der Termin im Krankenhaus brachte mich keinen Schritt weiter. Im Gegenteil. Der Arzt meinte, er könne nichts Genaueres sagen. Es muss nichts Schlimmes sein, kann aber genauso gut Krebs sein. Hundertprozentig sicher ist man sich da nie. Außer man würde es rausschneiden und eine Probe machen. Ich kann an nichts anderes mehr denken. Ich habe richtige Angst, zu sterben. Alles ist gerade so gut in meinem Leben. Ich habe eine eigene Familie, die Arbeit in der Pizzeria und so viel vor. Muss ich jetzt sterben?

Und wieder ging ich zu meinem Hausarzt. Der beruhigte mich. Die Knoten wären wirklich nicht besorgniserregend, und wir müssten sie einfach nur beobachten. Solange die Knoten sich bewegen lassen, sei es sowieso nichts Schlimmes. Selbst wenn sie festgewachsen wären, würde dies auch nicht unbedingt Krebs hindeuten. Egal wie er versuchte, mich zu beruhigen, die Angst wurde immer schlimmer. Also ging ich zum HNO-Arzt. Doch der wollte nicht grundlos eine Gewebeprobe entnehmen. Da müsse schon ein Verdacht bestehen. Auch er sagte, es sei nicht schlimm und bestätigte, dass es ausreichend sei, wenn der Hausarzt einmal im Jahr danach schaut.

KURZ VORM ERSTICKEN Gestern Nacht bekam ich keine Luft mehr. Mein Hals war komplett zugeschnürt, und es ging keine Luft mehr durch. Mein Brustkorb fühlte sich wie zusammengedrückt an. Ich setzte mich aufrecht auf die Terrasse an die frische Luft. Das Gefühl, zu ersticken, blieb. In Boxershorts schlief ich auf dem Boden vor der Terrassentür ein. Die Tür ließ ich auf und versuchte, durch die Öffnung besser atmen zu können.

Heute Morgen bin ich sofort wieder zu meinem Hausarzt gefahren. Er hörte mich ab und sagte, es sei alles in Ordnung. Wie kann das sein? Ich bin kurz vom Ersticken und die Leute sagen, es ist alles in Ordnung. Wollen die mich sterben lassen?

ICH BEKOMME IMMER NOCH KEINE LUFT Heute ließ ich im Krankenhaus die Lunge röntgen. Die Ärzte fanden nichts. Sie schickten mich zu einem Sportmediziner. Der renkte meine Wirbelsäule ein, in der Hoffnung auf Besserung. Doch ich bekomme immer noch keine Luft.

ES HÖRT GAR NICHT MEHR AUF Ich kann einfach nicht mehr. Es fühlt sich an, als würde ich von innen aufgefressen. Meine Freundin hält das nicht mehr lange mit mir aus. Aber warum? Ich liebe sie doch. Keiner will mir helfen. Bin ich so ein schlechter Mensch? Ich möchte doch einfach nur gesund sein. Denken die alle, ich bin verrückt im Kopf? Ich spüre doch diese Beschwerden in meinem Körper. Seit Tagen habe ich Kopfschmerzen. Habe ich einen Hirntumor? Laura lacht mich mittlerweile aus. Ich gehe morgen zum Arzt, aber nicht mehr zu meinem Hausarzt. Ich habe mir einen anderen Arzt gesucht. Der denkt bestimmt auch, ich sei bescheuert. Auf einen kleinen Zettel habe ich weitere Beschwerden geschrieben, die mir aufgefallen sind. Oft habe ich Durchfall und Magenkrämpfe. Am Schienbein entdeckte ich gestern noch einen kleinen Knoten. Und ganz oft ist mir schwindelig. Außerdem stolpert mein Herz ständig. Der neue Arzt wird mir bestimmt helfen.

WARUM HILFT MIR KEINER? Mein neuer Hausarzt ist echt cool. Er zeigte sofort Verständnis für meine Situation und überwies mich ins Krankenhaus zum MRT: »Das wird bestimmt nichts Schlimmes sein. Aber ein MRT vom Gehirn kann man schon mal machen.« Und wieder ist nichts dabei herausgekommen. Alles völlig normal. Aber warum habe ich dann solche Schmerzen? Der Arzt im Krankenhaus sagt, vielleicht kommt das von der Psyche. Ich bin doch nicht bescheuert. Jetzt sagt Laura auch, ich muss dringend zum Psychologen gehen. Lassen die mich sterben? Erkennen die nicht meine Situation? Ich habe doch niemandem etwas getan. Warum hilft mir keiner?

WAS BIN ICH FÜR EIN VATER? Heute hat mein Baby Geburtstag. Sie ist ein Jahr alt geworden. Und wo bin ich? Ich liege im Krankenhaus. Sie haben wieder nichts gefunden. Ich habe seit Wochen Durchfall und Magenkrämpfe. Ich bin so traurig. Meine Tochter fragt bestimmt den ganzen Tag nach mir. Oder liebt sie mich auch nicht mehr? Meine Freundin ist stinksauer auf mich. Sie sagt, ich habe meiner Tochter den Geburtstag versaut. Ich solle mich endlich mal zusammenreißen. Ich wäre ein Waschlappen. Inzwischen bin ich schon seit vier Wochen krankgeschrieben. Ich habe meiner Freundin versprochen, mich jetzt zusammenzureißen. Ab sofort bin ich wieder ein richtiger Mann, gehe arbeiten und kümmere mich um meine Familie. Ich habe keinen Krebs.

STIMMEN IM KOPF Mein Kopf ist wie ferngesteuert und eine Endlosschleife läuft in mir mit der Botschaft: Ich muss sterben. Ich kann kämpfen, wie ich will, diese Stimme in mir geht einfach nicht weg: »Daniel, du stirbst. Daniel, du bist krank.« Ha, ha, ha, ich höre sie manchmal sogar lachen.

Alles sollte so schön werden mit meiner kleinen Familie.

Wir wollen uns gerade eine Zukunft aufbauen. Inzwischen haben wir beide den Führerschein und trotzdem fürchte ich, dass jetzt alles bald vorbei ist und ich sterben muss.

Meine Gedanken werden immer wirrer. Daheim prüfe ich die Joghurtbecher auf Löcher, weil ich vermute, Leute wollen uns vergiften. Sie spritzen vielleicht im Supermarkt Gift in die Becher. Ich habe Angst, dass uns jemand etwas antut. Meine Freunde belächeln mich. Wenn es überhaupt Freunde sind. Ich kann nicht mehr zwischen Gut und Böse unterscheiden.

Meine Hände wasche ich ständig. Ich habe Angst vor Bakterien. Zu Hause trage ich Handschuhe, um meine Tochter nicht mit Keimen zu belasten. Immer und immer wieder wasche ich meine Hände. Oft auch mit kochend heißem Wasser, bis meine Hände wund sind und ich denke: »Da noch und da wieder. Eine Minute soll reichen. Das Wasser muss so heiß sein, dass das ganze Zimmer dampft.« Mein Seifenverbrauch ist extrem. Nie ist es genug. Das geht genauso mit meiner Angst vor Einbrechern, die mir und meiner Familie etwas antun könnten. Ich schließe die Tür ab, gehe ins Bett fernsehen, stehe wieder auf, rüttele an der Tür, lege mich wieder hin, stehe wieder auf, rüttle an der Tür. Es ist eine Endlosschleife. Ich werde bald verrückt. Mit dem Herd geht es mir ähnlich. Ich habe Angst, dass wir alle verbrennen: »Null, Null, Null, Null« sage ich laut bei der Kontrolle des Herdes. Ist er wirklich aus?

MAMA, HILF MIR! Im Moment ist meine Mutter meine wichtigste Bezugsperson. Sie weiß aus eigener Erfahrung, was Angst aus einem Menschen macht. Man wird hilflos und keiner versteht diese Probleme. Sie ist immer für uns da, geht mit uns einkaufen und erkennt das Elend, in das ich mich immer mehr reinsteigere, ohne dass ich etwas dagegen tun kann. Heute sagte sie, ich müsse mir unbedingt Hilfe holen. Laura ist der gleichen Meinung. Sie hält es einfach nicht mehr mit mir aus. Den anderen Leuten fällt das Ausmaß meiner Probleme noch nicht so auf.

Mit meinen Kumpels kann ich trotzdem lachen. Im Kopf bin ich immer noch ein Kind geblieben, eben ein lustiger Typ. Mache gerne und viele Witze. Doch mittlerweile sagt der eine oder andere, ich wäre ja verrückt und hätte einen Dachschaden. Meine Freundin ist sehr besorgt. Ich suche mir immer weitere Gründe, warum ich sterben muss. Zudem habe ich noch einen Knoten am Hoden entdeckt.

Bei Google las ich, dass das Krebs sein könnte.

Ich werde bald verrückt. Mein Gefühl ist nur noch: »Du stirbst morgen«. Ich habe Angst, zu sterben, Sorge, alles zu verlieren, was auf mich wartet, meine Träume, meine Ziele und meine Familie. All das, auf das ich mich so freue, kann bald weg sein. Meine Tochter müsste dann ohne Vater aufwachsen. Der Urologe diagnostizierte eine Kalkablagerung. Doch ich erklärte ihm trotzdem, ich sei gerade erst Vater geworden und wollte nicht sterben. Anfänglich riss ich mich beim Arzt zusammen. Doch nach kurzer Zeit brach es aus mir raus.

Manchmal rufe ich vor Angst nachts meine Mutter an, die in dieser Sache meine engste Vertraute ist. Ich fühle mich wie ein kleines Baby. Sie beruhigt mich dann. Das hält in der Regel zwei bis drei Stunden und geht dann wieder von vorne los.

Meine Mutter besteht darauf, dass ich mir helfen lasse. Also habe ich für morgen einen Termin beim Psychologen ausgemacht.

DEM TOD SO NAH Im Moment begleitet mich der Gedanke zu sterben täglich. Dabei war ich dem Tod früher schon ganz nah. Als Kind fuhr ich mit dem Fahrrad über die Bahngleise die meinen Wohnort von dem Dorf, in dem ich mit den Älteren immer abhing, trennten. An einem Nachmittag hatten wir wieder einmal geklaut wie die Raben und unseren Fang reichlich mit Alkohol begossen. Meine Mutter hatte mir aufgetragen, bloß pünktlich zum Essen um 18 Uhr nach Hause zu kommen. Ich war wie immer viel zu spät dran, dazu noch besoffen und auf dem Fahrrad.

Der Zug war zum Glück gerade beim Abbremsen, um an dem noch fünfzig Meter entfernten kleinen Bahnhof anzuhalten, als er mich erwischte. Genau in dem Moment, als ich die Bahnschranke verbotenerweise umfahren wollte. Ich hatte ja schon so oft Mut bewiesen. Ich war der Größte, ich war ein richtig Krasser und ganz sicher, dass ich das auch noch packen würde. Durch die Luft sei ich geflogen, erzählten die Menschen, die den Unfall beobachteten. Ich selbst bin ohne Erinnerung aufgewacht. Mit gebrochen Rippen, gebrochenem Arm, tiefer Fleischwunde am Oberschenkel und einem Aneurysma im Kopf. Zwei Tage lang lag ich im künstlichen Koma.

Danach wachte ich neben meinem Opa im Krankenhaus auf. Der baute sich zu dieser Zeit gerade eine Villa. Er war ein Choleriker und motzte mit allen Arbeitern auf der Baustelle rum. Dabei war er eines Tages in eine tiefe Baugrube gefallen und hatte sich so einiges gebrochen. Nach seiner Not-OP und Schrauben in den Gliedmaßen entschied man, uns gemeinsam in dieses Krankenhauszimmer zu legen. Wir hatten uns ewig nicht gesehen, und nun lagen wir hier nebeneinander. Beide schwer verletzt, beide gerade noch einmal mit dem Leben davongekommen.

Ich bin in diesem Zimmer erwacht, habe nach links geschaut, und dort lag zu meiner Verwunderung mein Opa ziemlich angeschlagen in seinem Krankenbett. Vor mir standen meine Mutter und eine Krankenschwester.

»Was ist passiert?«

»Du wurdest vom Zug angefahren«, sagte meine Mutter mit verheultem Blick.

»Deutsche Bahn, wir machen den Weg frei.« Ich konnte immer noch Clown sein.

Der Rest war dann nicht mehr so lustig. Mein Opa und ich waren so fertig mit der Welt in diesen Tagen, dass das für einige Zeit der letzte Witz war, den ich reißen konnte. Meist haben wir geschlafen, oder ich habe Fernsehen mit Kopfhörern geschaut.

Da wurde es mir klar, dass mein Opa und ich keinen Draht mehr zueinander hatten. Es hätte genauso gut ein Fremder sein können in dem anderen Bett neben mir.

Vielleicht nicht ganz. Denn er motzte trotzdem noch mit mir rum. Was ich für einen Scheiß mache und so. Wie ich bloß so dumm sein könnte. Was sollen die Leute denken? Doch mein Kopf war leer und alle Gedanken voller Watte. Die Tage dämmerten dahin, ohne dass mir die Erinnerung kam, was eigentlich genau passiert war und wie es zu dem Unfall hatte kommen können. Doch auch wenn ich mir etwas Mitleid oder Verständnis von meinem Opa erwartet hatte, hier erkannte ich, dass er ein anderer und unerreichbar für mich geworden war. Er interessierte sich gar nicht mehr für mich. Ich war vom kleinen blonden Engel zum Dummkopf geworden und das sollte für ihn auch so bleiben.

Die Krankenschwestern sahen das anders. Sie waren sehr nett zu mir und haben mich geliebt. Ihnen war es egal, was ich angestellt hatte.

BUNTE PILLEN Seit einigen Wochen nehme ich jetzt die Antidepressiva, die der Psychologe mir verschrieben hat. Ich habe das Gefühl, dass alles besser wird. Die schlechten Gedanken werden weniger. Deshalb will ich die Tabletten jetzt nicht mehr nehmen. Ich habe keinen Bock, mich mit dem Scheiß vollzustopfen.

DIE WOLLEN MICH ALLE VERGIFTEN Auf der Arbeit lasse ich keine Flasche mehr unbeaufsichtigt rumstehen. Was ist, wenn die da Gift reinmachen? Meine Freundin glaubt mir einfach nicht. Keiner glaubt mir. Deshalb muss ich jetzt umso mehr aufpassen. Mehr als einen großen Schluck aus der Sprudelflasche kann ich nicht mehr nehmen. Ich stelle die Flasche dann zwar mit meinem Namen versehen in das Kühlhaus, aber wer weiß, wer sich daran zu schaffen macht. Deshalb passiert es öfter, dass am Ende eines Tages sechs halb volle Flaschen von mir im Kühlhaus stehen. Meine Arbeitskollegen sagen, ich sei nicht normal im Kopf.

Auch wenn ich Treppen runterlaufe, habe ich Angst, runterzufallen und mir das Genick zu brechen. Ich bin kurz davor, den Verstand zu verlieren.

PSYCHOSE Nun sitze ich hier. Meine Familie hat mich in die Psychiatrie gebracht. Meine Diagnose: Psychose, Angststörung und Hypochondrie. Als Ursache macht man definitiv meinen übermäßigen Drogenkonsum in der Vergangenheit verantwortlich. Ich hatte echt extrem viel Drogen genommen und damit meinen Kopf gefickt. Die natürliche Ausschüttung von Glücksgefühlen soll gestört sein. Von den Medikamenten, die ich bekomme, bin ich total benebelt, aber mein Zustand verbessert sich. Dazu kommen eine Gesprächstherapie, Ergotherapie und viel Sport. So soll alles wieder besser werden, versprechen mir die Ärzte.

Ich vermisse meine Familie sehr und mache mir große Sorgen: »Wird meine Freundin draußen auf mich warten, wenn ich das hier durchziehe? Soll ich das wirklich machen, oder ist es doch nicht so schlimm? Ich werde es schon irgendwie alleine schaffen, diese dummen Gedanken loszuwerden. Ich habe keine Lust auf die ganzen Medikamente. Wo bin ich nur gelandet?« Mich bedrückt diese Ungewissheit, wie es weitergehen soll. Trotzdem habe ich die Hoffnung, dass man mir dort helfen kann. Ich habe Angst, meinen Verstand zu verlieren und nicht mehr Herr über meine Gedanken zu sein. Genau mit solchen Menschen sitze ich hier auf meiner Station. Eine Frau denkt, sie sei eine Katze und miaut durch die Räume. Krass, was aus Menschen werden kann. Dann gibt es hier einen Jungen, der mit Absicht seine Schwester überfahren hat, weil es ihm eine Stimme in seinem Kopf so sagte. Es ist einfach ekelhaft. Ich muss hier raus. Ich halte es nicht mehr aus. Das packe ich alleine.

MANCHE BLEIBEN EBEN KLEBEN Hier kommt man viel zum Nachdenken: Aus meiner Drogenzeit kenne ich viele Leute, die auf ihren Trips hängengeblieben sind. Bin ich nun dran, meinen Verstand zu verlieren? Manche kommen durch und schaffen es. Manche bleiben eben kleben. Jetzt bin ich auch einer von ihnen. Wie mein Kumpel Mario, der durch die Stadt rannte ohne Klamotten und jedem erzählte, er sei der König von Deutschland. Er hat es wirklich selbst geglaubt. Nur habe ich Klamotten an und denke nicht, ich sei der König. Aber ich glaube, ich muss bald sterben. Es ist nicht wirklich schöner. Mario war vermutlich glücklicher, als er nackt durch die Stadt rannte und sagte, er sei der König von Deutschland. Aber so ist es nun einmal. Wir wissen es alle. Die Gefahr wird immer bestehen bleiben, dass man kleben bleibt, dass man die Kontrolle über seine Gedanken verliert und eine Psychose bekommt. Dass man Selbstmord begeht, dass man die eine Tablette zu viel nimmt und einfach tot umfällt. Das ist das Risiko, und das wissen wir alle. Wir verdrängen es vielleicht nur in dem Moment, wenn wir drauf sind und völlig zugedröhnt.

Laura ist da gut durchgekommen. Sie geht mit Gefühlen sparsam um und gibt sie auch nicht gerne preis. Wir lieben uns. Sie spricht nicht gerne über Gefühle, zeigt nicht gerne Gefühle gegenüber anderen und ist zurückhaltend mit Emotionen. Sie mag am liebsten wenig Menschen um sich. Ihr reicht unser kleines Umfeld. Sie hat viel Scheiß durchgemacht und nicht mehr an die große Liebe geglaubt. Wir haben den gleichen Blödsinn gemacht, und sie hat nichts zurückbehalten. Einige unserer Freunde sind gestorben. Amphetamine kombiniert mit Tabletten, Alkohol, Blutgerinnsel im Kopf und tot bist du.

ICH SCHAFFE DAS ALLEINE Nach einer Woche hatte ich keinen Bock mehr auf die Psychiatrie und dachte: »Kämpfe jetzt, reiß dich zusammen. Wenn die Gedanken kommen, sag einfach, es ist nichts. Du weißt es doch. Der Arzt sagt, du bist gesund. Du packst das jetzt, beruhige dich! Komm runter! Du bist stark. Pack das allein. Scheiß auf die Medikamente. Geh arbeiten, kümmere dich um deine Familie! Dann wird alles gut.«

Zu Hause war ich zuerst voller Tatendrang, doch es wurde viel schlimmer. Es steigerte sich zu der Angst, dass ich meine Freundin und Tochter umbringe, ihnen etwas antue. Auch befürchtete ich immer, meine Antidepressiva fallen zu lassen und meine Tochter würde sie aufheben, in den Mund stecken und sterben. Letzte Woche hatte ich die Wahnvorstellungen, wirklich eine Tablette verloren zu haben und meine Tochter hätte diese gegessen. Sie musste ins Krankenhaus. Meine Freundin sagte, entweder ich gehe wieder in die Klinik oder sie trennt sich von mir.

ZURÜCK IN DIE KLAPSE Laura hält es nicht mehr mit mir aus. Also gehe ich jetzt für zwei Monate in die Klinik, um mich medikamentös einstellen zu lassen. Ich war immer ein offener Typ, erkannte Probleme und konnte darüber reden, wenn ich sie von außen betrachtete, aber in mir selbst Veränderungen dieser Art umzusetzen, ist nicht leicht. Ich weiß, dass ich gesund bin und nur Angst habe. Ich werde meine Freundin extrem vermissen und habe Angst, dass sie sich von mir trennt. Das würde ich sogar verstehen. Ich lasse sie mit unserem Kind ganz allein. Vielleicht kann ich an den Wochenenden nach Hause, vielleicht aber auch nicht.

ABSCHLUSSBERICHT DER PSYCHIATRIE IN AUSZÜGEN:

»Diagnosen:

- hypochondrische Störung
- polyvalente Substanzmittelabhängigkeit, derzeit abstinent
- Alkoholabusus

Grund der Aufnahme und aktuelle Anamnese:

Herr Gebhart kam mit einem depressiv-ängstlichen Syndrom zur stationären Aufnahme in die Allgemeinpsychiatrie. Er habe Angst, dass er sterben müsse. Seit längerer Zeit taste er ständig an sich herum und gehe von Arzt und Arzt. Insgesamt sei er im letzten halben Jahr circa sechzig bis hundert Mal bei verschiedenen Ärzten gewesen. Man habe aber nichts finden können. Es habe begonnen, als ihm ein Radiologe nach der CCT-Untersuchung gesagt habe, dass er Krebs haben könnte. Seit dieser Verdachtsäußerung habe er starke Ängste. Er habe eine Tochter und fühle sich für diese sowie für seine Freundin verantwortlich. Er möchte diese Verantwortung wieder tragen können und möchte deswegen behandelt werden.

Genuss- und Suchtmittelanamnese:
Seit vier Monaten habe er kein Nikotin mehr konsumiert. Davor circa zwanzig Zigaretten pro Tag. Seit circa einem halben Jahr deutlich weniger Alkohol. Für die Zeit davor kann er keine Mengenangaben machen, habe aber immer regelmäßig getrunken, bis er betrunken gewesen sei. Zudem habe er Marihuana, Amphetamine, LSD, XTC, Pilze und einmalig Heroin konsumiert.«

MEIN KOPF IST LEER Jetzt bin ich wieder daheim. In der Klinik habe ich dreißig Kilo zugenommen. Diese Medikamente haben mich zerstört. Mein Kopf ist völlig leer. Wie auf Reset gedrückt. Ich fühle nichts mehr. Soll ich jahrelang Tabletten schlucken? Früher war ich Haut und Knochen und jetzt ein fetter Haufen Scheiße.

Werde ich jemals wieder normal im Kopf, auch ohne Tabletten? Einmal in der Woche habe ich Gesprächstherapie. Das tut mir gut.

Würde ich irgendetwas rückgängig machen? Ich weiß es nicht. Wäre ich den geraden Weg gegangen, hätte ich Laura niemals kennengelernt, hätte niemals meine kleine Prinzessin bekommen. Alles, was ich heute bin, bin ich, weil alles so war, wie es war. Doch ich würde niemandem diesen Weg empfehlen.

OMA STIRBT Mein Vater rief an. Oma gehe es nicht so gut. Mit ihm sind wir gelegentlich zu ihr gefahren, an Weihnachten und Geburtstagen sowieso. An Oma habe ich ausschließlich positive Erinnerungen. Sie ist sogar die einzige Person, mit der ich keinerlei negativen Erfahrungen verbinde. Immer nett, immer lieb, spendete sie Geborgenheit und Liebe.

Sie war stets im Garten und im Haus aktiv und ist nie zum Arzt gegangen. Plötzlich sollte etwas nicht mit ihr stimmen. Sie fühle sich schlapp und ihr wäre schwindelig, sagte Papa.

Als sie letzte Woche ins Krankenhaus kam, war es wohl schon zu spät. Sie war voller Metastasen. Wenige Tage später ist sie gestorben.

Ich kann es einfach nicht fassen. Wer hält jetzt die Familie zusammen? Mit ihrem Tod ist ein Stück meiner Kindheit gestorben. Ich habe sie von ganzem Herzen geliebt.

EIN TRAURIGER TAG Heute war Omas Beerdigung. Ich musste die ganze Zeit weinen wie ein kleines Kind. Wenn ich bei ihr war, fühlte ich mich auch wie ein kleines Kind. Sie hat mir jeden Wunsch von den Augen abgelesen. Bei ihr durfte ich der kleine blonde Engel sein. Egal wie viel Scheiße ich gebaut hatte. Ein Spielmannszug stand mit Trompeten vor ihrem Grab und erwies ihr die letzte Ehre. Es tat gut, dass das Verhältnis zu meinem Vater sich seit der Geburt meiner Tochter so positiv verändert hat. Wir beide saßen nebeneinander und heulten. Das hat mich sehr berührt. Inzwischen saßen da zwei Väter nebeneinander, zwei Erwachsene. Meine Schwester war auch dabei. Wir haben uns so fest in den Arm genommen. Es hat so gut getan, sie nach der langen Zeit wiederzusehen. Ich habe sie so krass vermisst.

36 MONATE Seit ich Vater bin, will ich für meine Tochter ein Vorbild sein, ihr etwas Besseres vorleben, als es mir widerfahren ist. Also habe ich mich entschlossen, noch einmal eine Ausbildung anzugehen und dieses Mal will ich es durchziehen. Meine Eltern haben es mir immer wieder gepredigt, dass ich einen Beruf erlernen muss. Jetzt bin ich entschlossen, die drei Jahre durchzuziehen und zu beweisen, dass ich es kann.

Zudem hasse ich die katastrophalen Arbeitsbedingungen in der Pizzeria. Der Chef dort ist ein richtiger Spast und zahlt mir nur 5 Euro die Stunde. Dafür wirft er auch noch seinen Müll die Treppe runter und wir müssen es aufsammeln. Die Pizzafahrer machen sogar den gesamten privaten Einkauf. Jeden Tag warte ich darauf, dass der Depp anruft, damit wir ihm noch den Arsch abputzen. Ich habe keinen Bock mehr und suche eine Perspektive. Wer mehr verdienen will im Leben, muss Fachkraft sein. Das sagt jeder. Zwar macht es mit den Kollegen Spaß, aber zwölf Stunden arbeiten und abends 60 Euro auf die Hand: Das ist nichts auf Dauer. Zum Schluss stand ich sogar allein in der Küche. Und langsam geht es auch dort bergab. Chef und Chefin sind nur noch am Saufen. Natürlich kaufen die Mitarbeiter den Alkohol ein. Das ist genug. Ich muss da raus.

In der Zeitung hatte ich gesehen, dass eine Großbäckerei Azubis zum Konditor suchte. Dort bewarb ich mich wie vorher schon, bin also einfach hingegangen.

Der Chef lässt mich zur Probe arbeiten. Das ist eine krasse Umstellung. Die Arbeit beginnt um 2 Uhr nachts. Die Produktionsstätte, die zwanzig Filialen beliefert, liegt im Hinterhof und vorne ist ein dazugehöriges Café. Es ist mehr eine Bäckerei als eine Konditorei.

ZEUGEN JEHOVAS Ich fasse es nicht. Meine Schwester ist bei den Zeugen Jehovas. Das sind doch diese Typen, die kein Blut von anderen nehmen, selbst wenn sie es bräuchten. Sie ist dort über die Eltern ihres Exfreundes reingekommen. Ist das nicht eine Sekte? Ich weiß nicht, was ich davon halten soll. Meine Tante sagt: »Wichtig ist, dass es ihr gut geht.« Ich mache mir große Sorgen. Aber ist das nicht das Wichtigste? Dass es ihr gut geht? Sie hat dort jetzt einen Mann kennengelernt. Er soll super nett sein. Das empfehle ich ihm auch dringend. Sonst lernt er mich kennen.

OPEL CORSA 45 PS Jetzt habe ich genug von Kuchen, Schneckennudeln und Brot. In meiner Berufsschulklasse erzählen die anderen, wie sie Pralinen und Hochzeitstorten herstellen. Das will ich auch lernen. Zwar ist der Job locker, denn wir können den ganzen Tag miteinander dumm rumlabern, doch ich lerne dort einfach nichts.

Also habe ich mich entschlossen, den Betrieb im zweiten Lehrjahr zu wechseln und in eine Patisserie zu gehen. Den Betrieb kann ich mit meinem alten Opel Corsa gut erreichen. Es ist ein Bild für die Götter: ein Riesentyp, inzwischen fit und durchtrainiert, in einem Opel Corsa, Modell Osterei! Ich bin einfach für größere Autos gemacht, nur fehlt mir momentan das nötige Kleingeld.

SIE HASSEN MICH In dem neuen Betrieb lerne ich viel. Allerdings sind meine Vorgesetzten zwei Mädels in meinem Alter. Sie hassen Männer. Das lassen sie mich jeden Tag spüren. Die zwei schikanieren mich und zeigen mir, wo es nur geht, dass ich in ihren Augen ein Spast bin. Unter diesen Bedingungen die Ausbildung durchzuziehen, ist meine größte Prüfung. Kaum bringe ich die Rosinen auf ihren Befehl aus dem Keller, schicken sie mich wieder runter, um Nüsse zu holen. Und so geht das den ganzen Tag. Ich hasse sie, bin aber immer freundlich und antworte mit: »Jawohl, wird erledigt.« Früher hätte ich die Ausbildung geschmissen. Nun bleibe ich und beiße mich mit aller Kraft durch. Das bin ich meiner Familie schuldig. Der Chef ist Bayer und auch ein richtiger Depp. Er führt die feine Konditorei mit eigenem Café und beliefert Krankenhäuser und mehr.

Ich passe in den Laden einfach nicht rein. Ich bin Mitte zwanzig, ohne Ausbildung, habe schon ein Kind, bin tätowiert und höre Deutsch-Rap. Außer mir gibt es dort noch einen anderen Auszubildenden. Er ist ein cooler Typ und wird akzeptiert. Er kommt aus gutem Elternhaus und bekommt allein dadurch schon mehr Respekt. Ich lasse mir nichts gefallen, er schon. Ich mache meine Arbeit gut, passe aber nicht ins Bild. Doch die Ausbildung ziehe ich jetzt komplett durch. Gewechselt habe ich ja nur, weil ich mehr lernen möchte. Auch, wenn es die Hölle ist, ich lerne wirklich viel.

FÜHRERSCHEIN UND FAHRZEUGPAPIERE Zusätzlich zu meiner Lehrstelle arbeite ich noch in der Pizzeria. Ab und zu, wenn meine Tochter bei meinem Vater ist, gehen wir feiern. Vor einigen Wochen waren wir mit Freunden in der Disco. Das erste Mal seit langem habe ich dort wieder Amphetamin genommen und die ganze Nacht gefeiert. Am nächsten Tag musste ich nach zwei Stunden Schlaf Pizza ausfahren. Das ging gut, bis zur letzten Fahrt abends um 22:45 Uhr. Da hielten mich die Bullen mit Blaulicht an. Nur, weil vorne rechts von dem scheiß Pizzaauto das Licht kaputt war. Allgemeine Verkehrskontrolle, Führerschein und Fahrzeugpapiere bitte. Als sie in den Akten einiges über meine Drogenkarriere fanden, leuchteten sie mir in die Pupillen, die nicht reagierten. Ich musste direkt Urin lassen, der positiv war. Hätte ich die Urinkontrolle mal lieber verweigert. Aber na ja, es musste so kommen! Das Pizzaauto blieb dort stehen, und sie nahmen mich mit aufs Revier. Ein Arzt wurde gerufen, der verschiedene Tests mit mir machte und mir Blut abnahm. Meinen Führerschein konnte ich am nächsten Tag wieder abholen. Das hat mich sehr gefreut. Allerdings kam die böse Überraschung kurze Zeit später mit einem Schreiben von der Führerscheinstelle, in dem ich aufgefordert wurde, den Führerschein für ein Jahr abzugeben. MPU – auf Deutsch: Idiotentest! Ich war dabei! Das war ein harter Schlag, musste ich doch jede Nacht zwanzig Kilometer zur Arbeit fahren. Mein Chef ließ sich nicht darauf ein, dass ich später, wenn der erste Zug fährt, beginnen konnte. So musste Laura mich jede Nacht zur Arbeit fahren. Sie hasste mich dafür.

Inzwischen nimmt mich mein Gesellenkollege mit zur Arbeit.

SCHLUMPFHAUSEN In der Berufsschule war ich nie ein guter Schüler. In den ersten beiden Jahren schrieb ich nur Vierer und Fünfer. Im letzten Ausbildungsjahr habe ich richtig Vollgas gegeben und brachte es zu einem Zeugnis mit Zweien und Dreien. Für mein Abschlussthema habe ich mir »Schlumpfhausen« ausgesucht. Warum? Kein Plan, eventuell, weil ich auch mein halbes Leben blau gewesen bin. Es war ein Dorf aus Kuchen und Torten mit Schlümpfen aus Marzipan. Und was soll ich sagen? Ich habe rasiert! Alle waren begeistert, und ich habe bestanden!

GOODBYE, IHR FOTZEN Mein Chef sagte, er sei stolz auf mich und würde mich gerne als Gesellen übernehmen. Ich lehnte dankend ab und freute mich über das ungläubige Gesicht, das er zog. Goodbye, ihr Fotzen!

1100 Endlich! Ich habe die Ausbildung in der Tasche, und jetzt wird Geld verdient. Also bewarb ich mich als Konditor in einer Großbäckerei. Ich wurde sofort genommen. 1.100 Euro netto. Das habe ich mir anders vorgestellt. Dafür soll ich allein die Konditorei führen und Nacht für Nacht arbeiten. Zuerst einmal habe ich die komplette Konditorei auf links gedreht, alles rausgeräumt, sauber gemacht, neu eingerichtet, umgestellt und rausgeworfen, was überflüssig war. Ich führte gute Gespräche mit meinem Chef, kann meine eigenen Ideen einbringen und darf das komplette Regiment übernehmen. Das ist mein Job. Ich bin mein eigener Chef, wenn auch für einen Hungerlohn. Zusätzlich muss ich nun mit dem Taxi zur Arbeit fahren. Mein früherer Kollege aus der Pizzeria hat inzwischen ein eigenes Taxiunternehmen und macht mir einen guten Preis. Die Kosten hole ich rein, indem ich weiterhin als Pizzabäcker aushelfe.

ONKEL DANIEL Meine Schwester hat mit ihrem Mann ein Kind bekommen. Ich freue mich so sehr für sie. Ich durfte meine Nichte heute im Krankenhaus auf dem Arm halten. Sie ist so goldig. Ich glaube, Tanja ist jetzt endgültig angekommen. Ob Zeuge oder nicht, scheiß doch drauf. Ich durfte bei ihrer Hochzeit einige Freunde von ihr kennenlernen. Scheinen alle ganz nett zu sein.

Kapitel 4
Niemals aufgeben!

FIX UND FERTIG Leider muss ich immer mehr in der Bäckerei arbeiten. Einmal im Monat soll ich jetzt auch die Produktion an der Riesenbackmaschine übernehmen. Das ist die Hölle für mich. Es überfordert mich total, zur richtigen Zeit den Teig so einzufüllen, dass am Ende fertige Brote rauskommen. Ich stand am Wochenende das erste Mal an diesem Koloss von vollautomatischer Brotbackmaschine. Der Teig, der zu lange gegangen war, quoll schließlich aus der kompletten Maschine, weil ich nicht schnell genug nachkam. Ich war fix und fertig. Das war für mich Neuland. Außerdem wollte ich diese Arbeit definitiv nicht. Jetzt kündige ich. Es reicht.

2000 Neuer Job, neues Glück. Mittlerweile arbeite ich in der Industrie, in einem international tätigen Werk, das Felgen im Drei-Schicht-Betrieb herstellt. Das System beinhaltet zweimal Frühschicht, zweimal Spätschicht und dreimal nachts arbeiten. An zwei Tagen habe ich frei. Doch auf diese Art und Weise verdiene ich über 2.000 Euro im Monat. Das erste halbe Jahr stand ich an den Bandstationen, an denen Rohlinge gegossen werden. Ich musste sie in eine Maschine, in der sie mit Messern geschliffen wurden, geben und die Schaltung bedienen. Danach sollten die Teile wieder aufs Band gehoben werden. Der Job wurde zusätzlich nach Stückzahl honoriert. In der Fabrik arbeiten nur Versager. Zu Hause war ich zu nichts mehr fähig, außer auf der Couch zu liegen und Bier zu trinken.

Nach sechs Monaten wurde ich versetzt und kam in die Qualitätskontrolle.

Dort messe ich Felgen aus und kontrolliere sie. Da muss ich wenigstens nicht mehr den Dreck aus der Halle einatmen.

3000 Inzwischen habe ich meinen Führerschein wieder. Ich meldete mich dann sofort krank und bin bei meinem Kollegen aus der Pizzeria in das Taxiunternehmen eingestiegen. So kann ich den Lohn kassieren und zusätzlich bis zu 3.000 Euro durch den Taxijob machen. Endlich habe ich genug Kohle, um mir und meiner Familie ein geiles Leben zu ermöglichen. Es ist schon irre, wenn ich nachts mit Krankenschein Taxi fahre und manchmal morgens Leute von der Firma abholen muss. Dann ziehe ich mir die Kapuze ganz tief ins Gesicht, um nicht erkannt zu werden. Ich fahre jede Nacht, jedes Wochenende und arbeite, wenn andere feiern. Das geht mir gewaltig auf die Nerven. Außerdem erfüllt es mich nicht, nur Auto zu fahren und mir das Gelaber von Besoffenen anzuhören. Anfangs war das ganz geil, und ich verdiene viel Geld. Aber NEIN, das kann nicht meine Zukunft sein!

TOILETTEN PUTZEN Ich habe schon immer richtig viel gearbeitet. Zusätzlich zu meinen Stellen bin ich als Pizzafahrer von 17 Uhr bis 23 Uhr gefahren. Ich musste mit wenig Schlaf auskommen. Doch ich wollte viel Geld verdienen, um gut zu leben und um unsere Träume erfüllen zu können. Wenn ich nicht in der Pizzeria arbeitete, jobbte ich bei Burger King. Dort musste ich sogar Toiletten putzen. Eines Abends kam ich mit dem Fahrrad am Burger King an, drehte einfach um und bin weggefahren. Ich dachte mir FUCK, was mache ich hier? Gott muss doch mehr für mich bereithalten als ackern, ackern, ackern und dazu noch Scheißhäuser putzen.

COCKTAILS AM STRAND Immerhin konnten wir uns jetzt zum ersten Mal einen Urlaub in Spanien mit Nachbarn, die wir über meine Tochter kennengelernt haben, leisten. Drei Wochen, eine geile Zeit, unser erster eigener Urlaub mit siebenundzwanzig Jahren.

ES IST AUS Kurz nach unserem Urlaub trennte sich Laura von mir. Sie meinte, es klappt nicht mehr zwischen uns. In mir ist immer noch der Drang nach Freiheit und Party. Ich bin kein guter Partner. Meine Tochter liebe ich sehr. Doch vielleicht bin ich trotzdem kein guter Vater. Ich mache, was ich will. Erwachsen bin ich noch nicht. Klar sorge ich für meine Familie. Uns fehlt es an nichts. Doch achte ich darauf, ob meine Freundin glücklich ist? Ich war mir zu sicher, dass sie bei mir bleibt. Alles schien mir selbstverständlich. Jetzt hat sie Schluss gemacht. Warnungen gab es mehr als genug. Sie war mit diesem und jenem nicht einverstanden. Doch mir war das scheißegal. Ich hätte nie gedacht, dass sie diesen Schritt geht. Vielmehr habe ich manchmal gedroht, wenn du so weitermachst, verlasse ich dich. Ich habe immer für sie gesorgt, aber ich mache eben auch mein eigenes Ding. Alles schien mir so selbstverständlich. Ich habe sie nicht mehr wahrgenommen, unsere Beziehung nicht gepflegt, nicht wertgeschätzt, sie nicht fühlen lassen, dass sie alles ist für mich. Jetzt ist sie zu ihrer besten

Freundin gezogen. Und ich sitze hier allein in der Wohnung, und alles ist vorbei.

Fick dieses scheiß Leben!

Ich darf einfach nicht glücklich sein. Aber so bin ich es ja gewohnt. Heute habe ich direkt meinen Chef angerufen und gekündigt. Seit Tagen ziehe ich durch die Stadt, von einem Kumpel zum anderen, immer auf Amphetaminen und Alkohol. Ich habe nichts mehr zu verlieren. Alles, was ich liebe, ist jetzt weg. Ich kann nicht mehr aufhören zu heulen. Das Einzige, was mich jetzt noch beruhigt, sind die Drogen. Nun bin ich wieder da gelandet, wo ich herkomme: in der Gosse auf Drogen ohne einen Plan, wie es weitergehen soll. Und meine Tochter? Ein Kind ohne Vater? Meine große Liebe eine alleinerziehende Mutter? Vielleicht hat sie ja schon einen neuen Freund. Falls ja, ficke ich ihn. War der Kampf umsonst? Dann möchte ich nicht mehr weiterleben. Es war doch alles perfekt. Jedenfalls dachte ich das. Jetzt bin ich wieder allein und ein fucking Versager.

BITTE KOMMT ZURÜCK Ich habe es geschafft: Meine Familie ist wieder bei mir. Diesen Kampf habe ich gewonnen. Nach tagelangen Drogenexzessen und Selbstmitleid habe ich mich entschlossen, um sie zu kämpfen. Auch als sie sagte, dass sie mich nicht mehr liebe. Ich habe mir echt den Arsch aufgerissen. Bei ihrer Arbeitsstelle habe ich ihr Rosen hinter die Windschutzscheibe geklemmt, Gedichte geschrieben und sogar ein eigenes Lied für sie aufgenommen.

Ich habe gekämpft und will mich ändern. Will mir einen anständigen Job suchen, mich zusammenreißen. Ich flehte sie an: »Lass es uns bitte noch einmal versuchen«. Ich zog alle Register. Nach ein paar Wochen hat sie sich dann darauf eingelassen.

EINE NEUE ZEIT BEGINNT Ich mache mir viele Gedanken über meinen beruflichen Werdegang. Das Kündigen von Arbeitsstellen wird so lange weitergehen, bis ich gefunden habe, was mich erfüllt. Ich erkenne immer mehr, dass ich mir von keinem sagen lassen will, was ich zu tun habe.

CLUB DER BESTEN Ab sofort mache ich mein eigenes Business. Im Internet las ich immer wieder von einem Club der Besten und von fetten Reisen nach Dubai und so weiter. So bin ich im Vertrieb gelandet. Ich bin Türklinkenputzer, und ich liebe es. Ich kann selbst bestimmen, wann ich arbeiten und wie viel ich verdienen möchte. Zusätzlich habe ich beim Arbeitsamt noch einen Gründerzuschuss klargemacht. Nach wenigen Probetagen startete ich direkt alleine und kam recht schnell auf ziemlich viel Verträge. Das Haustürgeschäft war anfänglich hart. Ich hatte kein Auto, war pleite und musste schwarz mit dem Zug zum Arbeitsort fahren. Den Opel Corsa habe ich verkauft, weil ich dringend Geld gebraucht habe. Nach kurzer Zeit konnte ich mir endlich ein gebrauchtes Auto kaufen. Das Zugfahren hatte damit ein Ende.

Das ist die Heldenzone, die Phase, in der es richtig weh tut, richtig ekelhaft ist. Voll durch die Scheiße durch und schön alles runterschlucken! Es kommt der Tag und dann geht es bergauf.

10-EURO-HEMD UND MERCEDES Ich mache immer weiter. Meine Familie ist stolz auf mich. Es läuft einfach super. Ich steigere mich immer weiter und verdiene immer mehr Geld. Ich hätte das niemals für möglich gehalten. In der Welt, aus der ich komme, kann man nicht so viel Geld verdienen. Jedenfalls nicht auf legalem Weg. Es wird Zeit, sich Träume zu erfüllen. Also rief ich bei Mercedes an, meldete mich als Geschäftsführer einer Firma, um eine dicke E-Klasse Probe zu fahren. Ab in meinem Golf Richtung Autohaus. Ich parkte um die Ecke, stopfte mein 10 Euro Hemd in meine 30 Euro Jeans und machte im E-Klasse Cabrio eine Probefahrt mit Laura. Das ist das Leben, das ich meiner Familie bieten möchte. Mit einer Designer-Sonnenbrille, die ich einmal im Taxi gefunden hatte und offenem Verdeck Richtung Sonne. So habe ich mich wohlgefühlt. Das ist das Leben, das ich will. Den Mercedes brachte ich nach einigen Stunden zurück und fuhr wieder nach Hause. Ich hätte ihn lieber behalten. Aber, na ja.

Nun habe ich Ziele vor Augen, auf die ich hinarbeite. Doch jetzt reicht es erst einmal »nur« für einen Leasingwagen von VW. Ein nagelneuer koksweißer VW Passat. Ich liebe diesen Neuwagenduft.

GOLFSPIELEN IN DUBAI Gestern war die Jahresabschlussveranstaltung des Unternehmens, für das ich arbeite. Eine unglaublich fette Location mit rotem Teppich und jungen, knapp bekleideten Damen, die mir bei jeder Gelegenheit ein Glas Champagner in die Hand drückten. Wo bin ich hier gelandet? Ist das die Welt, in die ich wollte? Eigentlich nicht. Überall gut gekleidete, schleimige Vertriebler mit ekelhaft gekünsteltem Lachen.

»Hey Rafael, weißt du was? Endlich habe ich mir ein Haus gekauft.«

»Sehr gut, Thomas. Letzte Woche ist mein neuer Mercedes gekommen.«

»Ach Gott, Brigitte, wann fliegen wir eigentlich mal wieder zum Golfspielen nach Dubai?«

Ich stand mit meinem Champagnerglas in der Hand, bekleidet mit einem C&A-Anzug, den mir meine Mutter extra für ihre zweite Hochzeit gekauft hatte, und wusste nicht, ob ich lachen oder kotzen sollte. Wenn die wüssten, wo ich herkomme … Trotzdem habe ich dieses Verlangen nach Erfolg in mir. Wäre es nicht viel geiler, wenn Rafael, Thomas und Brigitte sich einfach ins Knie ficken würden und der Junge aus der Gosse da oben stehen und geehrt werden würde?

Hunderte von Leuten klatschten, als die Mitarbeiter, die zweitausend Verträge geschrieben hatten, mit einer Reise nach New York belohnt wurden. Ich stand da mit offenem Mund und meinem viel zu großen Anzug. Mein Teamleiter sagte, er sehe in meinen Augen, dass ich da auch hochwolle. Und er hatte recht. Ich konnte die ganze Nacht an nichts anderes mehr denken als an Erfolg. Ich will da hoch. Endlich habe ich eine Chance, mir Anerkennung und Respekt auf legalem Weg zu holen.

326 PS Die Zeit vergeht wie im Flug. Noch nie in meinem Leben war ich so fokussiert und diszipliniert. Ich habe Ziele und Träume und erfülle mir diese. Einfach, weil ich es will. Endlich

wird mein Fleiß belohnt. Inzwischen stehe ich auf Platz eins der besten Verkäufer und habe eine Reise nach Saint-Tropez gewonnen. Ich verdiene mittlerweile 10.000 Euro im Monat und kann mir einfach kaufen, was ich möchte. Vor einigen Wochen gönnte ich mir meinen Traumwagen, einen nagelneuen Audi A6 mit 326 PS. Diesen habe ich grau matt folieren lassen. Es ist ein absolutes Monster. Egal wo ich langfahre, die Leute drehen sich um. Dieses Gefühl ist so unglaublich. Ich schwöre bei Gott, ich bilde mir nichts darauf ein. Meine besten Freunde durften gleich einmal damit fahren.

Doch in mir drin bin ich immer noch das Heimkind, der Junge in der Psychiatrie und der Typ auf der Couch bei Harald mit der Bong in der Hand.

Die Zeit rennt einfach so unglaublich schnell. Mein kleines Baby ist inzwischen ein kleines süßes Mädchen. Ich liebe mein Leben. Doch gewöhnen kann ich mich daran nicht. Habe ich jetzt andere Freunde? Nein, habe ich nicht.

RUHE IN FRIEDEN Ich habe eine traurige Nachricht bekommen. Kevin wurde tot in seiner Wohnung gefunden. Er lag dort mehrere Tage. Überdosis. Ich brach in Tränen aus. All die schönen Momente, die wir zusammen hatten, schossen mir durch den Kopf. Seit Jahren schon habe ich zu Kevin und seinem großen Bruder Steve keinen Kontakt mehr. So ist es leider oft im Leben. Wir hatten keinen Stress oder so. Jeder ist einfach seinen Weg gegangen. Er hat es leider nicht geschafft. Steve soll inzwischen auf der Straße leben. Kevins Tod hat mich schwer getroffen. Die letzten Jahre gingen vorbei wie im Flug. Wo wäre ich heute, wenn ich nicht Vater geworden wäre? Wo wäre ich ohne Laura? Nach einiger Zeit bin ich zu ihm auf den Friedhof gefahren und besuchte sein Grab. Ich betete und bedankte mich bei Gott für die schöne Zeit mit ihm. Wir hatten eine echt geile Zeit. Mann, mann, mann haben wir viel Scheiße gebaut. Ich stand vor seinem Grab und redete mit ihm: »Was soll der Scheiß, Alter? Du warst einfach viel zu jung, um zu sterben. Weißt du noch die Aktion auf dem Oktoberfest? Ohne Ticket und Geld schwarz mit dem Zug heimgefahren?«

Ich stand vor seinem Grab mit Tränen in den Augen.

»Ruhe in Frieden, mein Freund. Ich werde dich nie vergessen!«

MEINE EIGENE KNEIPE In dem Wohngebiet, in dem ich wohne, gibt es eine Kneipe mit einer alten Besitzerin. Das ist unser Stammlokal – direkt bei uns gegenüber. Da feiern wir immer mit Freunden. Das Publikum umfasst jedes Alter von achtzehn bis hundert Jahren. Die Kneipe ist unser zweites Wohnzimmer. Ich sagte oft zu der Besitzerin, wenn sie jemals aufhören würde, sollte sie mich anrufen. Ich würde die Kneipe sofort übernehmen.

Und was soll ich sagen: Sie rief an. Ihr Mann sei gestorben und ich kann die Kneipe unter einer einzigen Bedingung haben. Sie wollte weiterhin bei mir arbeiten. Das war ein Wort. Meine Freundin drehte völlig durch, aber ich habe mich durchgesetzt und werde die Kneipe übernehmen.

Mir geht es nicht um das Geld. Endlich kann ich kreativ sein, eigene Partys und Veranstaltungen in meiner eigenen Kneipe machen. Ein Traum wird wahr.

DIE PARTY LÄUFT Die Kneipe war voll bis zum Anschlag. Der Schweiß tropfte sprichwörtlich von der Decke. Die Verabschiedung der alten Besitzerin war gleichzeitig meine erste eigene Party. Wir veranstalteten gemeinsam ein Oktoberfest. Was soll ich sagen: Es kamen mehrere hundert Leute. Die Gläser gingen aus und sogar der Biergarten war gerammelt voll. Natürlich habe ich auf einen Erfolg gehofft. Aber damit konnte ich niemals rechnen. Es waren alle da: Familie, alte und neue Freunde, Feinde, Nachbarn und Fremde. Ich bin einfach nur überwältigt. Die nächsten Partys sind schon geplant.

ERFOLG Es läuft einfach super. Und ich liebe es. Laura kommt am Wochenende auch immer und unterstützt mich, wo sie nur kann. Jeden Monat mache ich ein bis zwei Veranstaltungen. Diese sind jedes Mal ausgebucht. Radiointerviews, Zeitungsberichte, plötzlich stehe ich in der Öffentlichkeit. Leider bringt der Scheiß auch viele Probleme mit sich. Am Wochenende gibt es häufiger Schlägereien. Es ist ziemlich anstrengend, die Leute nach und nach auszusortieren. Plötzlich bin ich Chef von mehreren Angestellten. Mal kann die nicht, mal kann der nicht: »Ich muss früher gehen … ich brauche Urlaub.« Es ist eine Menge Stress, aber ich liebe es. Unter der Woche arbeite ich weiterhin in meiner Vertriebsfirma und am Wochenende in der Kneipe. Dazu kommen natürlich noch der Einkauf, die Personaleinteilung, das Planen und die Vermarktung der Events. Nicht alle Leute sind davon begeistert, dass ein Junge in meinem Alter mehrere Unternehmen betreibt und damit auch noch Erfolg hat. Es reicht schon, dass ich mit meinem 80.000-Euro-Auto lautstark angefahren komme – dazu noch tätowiert. Die Leute kommen damit einfach nicht klar. Ich werde mit viel Hass und Neid konfrontiert. Das macht mir sehr zu schaffen.

GOTT HAT FÜR MICH EINEN ANDEREN WEG Endlich kann ich meine Kreativität ausleben. Das ist Selbstverwirklichung, auch wenn es mega stressig ist. Aber ich brauche das. Kreativität gehört für mich zum glücklichen Leben dazu. Mich weiterzuentwickeln, meine Gedanken auszuleben, Ziele zu verfolgen, das alles finde ich bei den Veranstaltungen. Ich möchte nie wieder zurück in ein Angestelltenverhältnis und den ganzen Tag machen, was irgendein Idiot mir sagt. Das kann ich nicht. Gott hat für mich einen anderen Weg bereitgelegt. Deshalb brauchte ich die vielen Arbeitsstellen, um zu sehen: Das macht mich nicht glücklich. Es war immer der gleiche Scheiß. Selbst wenn ich als Konditor kreativ sein konnte, war das zwar ganz schön, aber keine Selbstverwirklichung. Der Kuchen war schnell gegessen und dann weg. Ich möchte etwas erschaffen, das bleibt, auch wenn ich weg bin, irgendwann.

Nicht kreativ sein zu können, ist Stillstand. Das darf es bei mir nicht geben. Stillstand führt zu Unzufriedenheit, Depressionen und fickt meinen Kopf. Ich brauche einfach eine Aufgabe, könnte nicht nur dasitzen und aufs Meer schauen. Ich muss immer irgendwas machen. Ich muss irgendwas im Kopf haben, was ich umsetzen kann. Stillstand ist Tod.

GEWERBE NUMMER 3 Events zu veranstalten, ist genau mein Ding. Also wurde es Zeit für Gewerbe Nummer 3. Ich gründete mit zwei Freunden meine eigene Eventagentur. Damit habe ich eine richtige Bewegung ins Leben gerufen. Jeder möchte mitmachen und jeder möchte helfen.

Vor meiner Kneipe ist ein großer Platz, auf dem früher ein Volksfest stattfand. Alle schwärmen davon, also dachte ich mir, das machen wir. Zwei Tage lang spielten Bands auf einer Riesenbühne. Es war ein Riesenerfolg. Der ganze Platz war voll mit Besuchern.

Das macht mir alles so viel Bock, dass es jetzt weitergehen

muss. Endlich hat das Viertel sein eigenes Fest. Und nächstes Jahr toppen wir das noch.

WIR SIND DIE GANG Es ist einfach eine geile Zeit. Wir mieten Locations und schmeißen geile Partys. Dazu drehen wir noch unsere eigenen Videoclips. Wir denken uns immer geilere Sachen aus. Mein Kopf sprudelt ständig: »Was können wir als Nächstes machen? Jungs, ich habe eine geile Idee. Wie findet ihr das?« Das ist Selbstverwirklichung. Wir sind die Gang.

Unter der Woche in der Vertriebsfirma, am Wochenende in der Kneipe und zusätzlich noch eigene Events. Es ist einfach megastressig. Aber ich liebe es. Ich muss aber auch ehrlich sein, dass ich in der Zwischenzeit jede Menge Alkohol trinke. Meine Freundin findet das gar nicht gut. Wir haben oft Stress deswegen. Aber weiter geht's.

DIE FOTZE VOM ERSTEN STOCK Wie ich schon oft lernen musste, geht es in meinem Leben nicht immer nur nach oben. Doch wenn man mal ganz unten war, kommt man damit besser klar.

Ich habe neue Nachbarn. Über der Kneipe ist so eine Frau mit ihrem Macker und zwei Kindern eingezogen. Das ist der Anfang vom Ende. Jeden Abend Punkt 22 Uhr kommt das Ordnungsamt. Es ist nicht mehr möglich, Veranstaltungen zu machen. Sogar die Musikanlage wurde verplombt. Die Umsätze gehen runter und die Gäste bleiben aus. Die Alte verteilt sogar Flyer gegen die Kneipe im Viertel und fotografiert unseren

Müll, um es dann beim Umweltamt zu melden. Sie hasst mich, einen jungen und erfolgreichen Mann. Sie sagt, dass sie erst aufgibt, wenn die Kneipe geschlossen wird.

DIE LAST AUF MEINEN SCHULTERN Mittlerweile habe ich zu der Kneipe noch einen Kiosk übernommen. Der Plan war, daraus eine Trinkhalle zu machen mit Spielautomaten und Bier aus der Dose, doch das Bauamt erteilte keine Genehmigung. Die Umsätze blieben aus, mein Konzept konnte ich nicht realisieren. Mein Umsatz der gut laufenden Vertriebsfirma landet in der Kneipe und im Kiosk. Ich mache tagsüber Vertrieb und kaufe zwischendurch für Kneipe und Kiosk ein. Ich werde erdrückt von der Last auf meinen Schultern. Es ist alles zu viel für mich. Ich bin fertig mit der Welt.

WILLST DU MICH HEIRATEN? Mein Glück ist perfekt. Nun endlich nach Jahren habe ich meine Traumfrau geheiratet. Unsere Hochzeit war wunderschön. Am Standesamt sang eine Sängerin unser gemeinsames Lied. Dann hielt mein Opa eine Rede. Ich war zu Tränen gerührt. Auch wenn wir uns über die Jahre aus den Augen verloren haben, stand er da, ein schwerkranker alter Mann und traf mit seinen Worten genau in mein Herz. Danach ging es in eine Location, und wir feierten mit 200 Leuten eine Riesenparty. Es war einfach perfekt und wunderschön.

Kurz nach unserer Hochzeit wurde meine Frau schwanger. Wir haben uns riesig gefreut. Nun erwarten wir unser zweites Kind.

Meine berufliche Situation hat sich leider nicht verbessert, eher im Gegenteil. Der Stress mit den Nachbarn und dem Ordnungsamt eskaliert immer mehr. Inzwischen musste ich mehrere tausend Euro an Bußgeld bezahlen. Dazu kommen die ganzen Anwaltskosten. Ich habe meiner Frau eine Lösung versprochen. Spätestens, bis unser Kind auf die Welt kommt. Und ich werde mein Wort halten.

Du musst auf dein Herz hören.

Zu Hause ist es doch am schönsten. Es sind diese Momente, die dir zeigen, was wichtig ist im Leben. Ich sehe es in den Augen meiner Frau, wie sie sich auf unseren kleinen Sohn freut. Meine fast erwachsene Tochter strahlt über beide Ohren und streichelt den Bauch ihrer Mutter. Dieses Glücksgefühl können mir keine Drogen und kein Erfolg dieser Welt geben.

Ich wollte immer mehr und mehr und mehr. Wo mich das hingebracht hat, musste ich letzte Woche schmerzhaft feststellen. Es war wunderschönes Wetter, und wir verbrachten den Tag im Schwimmbad. Als ich abends im Bett lag, bekam ich übelstes Herzrasen. Ich hatte einen Puls von hundertvierzig und war unsicher, ob ich wieder spinne. Mein Herz war nicht mehr im Takt. Ich kam mit Vorhofflimmern nachts ins Krankenhaus. Eine Woche Untersuchungen diagnostizierten ein kerngesundes Herz, das aber eben nicht mehr im richtigen Takt schlug. Das war gefährlich. Ich brauchte Blutverdünner wegen der Thrombosegefahr, und mein Herz sollte mit Stromschlägen unter Vollnarkose wieder in den richtigen Rhythmus gebracht werden. Letzten Freitag, kurz vor dem Eingriff wartete ich draußen vor dem Behandlungszimmer, und mein Puls war plötzlich wieder normal.

KEIN PLATZ MEHR AUF MEINER PARTY Was ist wichtig im Leben? Erfolg, Anerkennung von fremden Menschen und Geld oder eben Gesundheit und eine glückliche Familie?

Meine Ansichten über das Leben musste ich dringend überdenken. Natürlich ist Erfolg und Anerkennung etwas Schönes. Vor allen Dingen, wenn man es sich selbst hart erarbeitet hat, aber nicht auf Kosten der Gesundheit und der Familie.

Ich habe fünfundzwanzig Kilo zugenommen und muss einiges ändern. Fast täglich trinke ich eine Flasche Wein. Dazu noch der Stress und die finanziellen Sorgen. Das geht nicht mehr lange gut. Mein Arzt sagte, wenn ich so weitermache, werde ich nicht alt.

Die Kneipe und den Kiosk konnte ich glücklicherweise recht schnell verkaufen. Mit den beiden Geschäften habe ich 50.000 Euro in den Sand gesetzt. Denn nicht alles hatte immer so geklappt, wie ich mir das vorgestellt hatte. Manches war auch schiefgegangen. Aber ist das schlimm? Nein! Denn es hätte auch alles klappen können. Wäre zum Beispiel die Nachbarin dort nicht eingezogen, hätte ich eine andere Kneipe übernommen. Wer nicht wagt, der nicht gewinnt. Auf jeden Fall habe ich viel gelernt. Das kann mir keiner mehr nehmen. In Niederlagen gewinnst du an Stärke und nicht in Erfolgen.

Drei große Events waren noch geplant. Die zog ich durch. Die Party ist jetzt erst einmal vorbei.

DU BIST DOCH GESUND Mein exzessives Leben fordert immer wieder seinen Tribut: Depressionen, Angst- und Panikattacken. Keine Energie, kein Antrieb und keine Kraft mehr sind die Folge. Ich bin fertig, liege am liebsten den ganzen Tag im Bett, bin traurig, würde gerne heulen und kann es nicht. Übelkeit, Bauchweh, Durchfall, Atemnot, Herzrhythmusstörungen und Schwindel begleiten mich. Das Leben fickt mich immer wieder. Ich komme einfach nicht mehr klar wegen der ständigen Beschwerden. Doch alle sagen: Daniel, du hast nichts. Bilde ich es mir nur ein? Aber was ist, wenn es diesmal nicht so ist. Vielleicht habe ich diesmal wirklich irgendetwas, und sie nehmen mich nicht ernst. Dann sterbe ich jetzt doch? Ein ständiges Auf und Ab seit Jahren.

Wann wirft mich mein Körper zu Boden? Wenn ich zu viel mache, mir zu viel zumute, es übertreibe oder auch, wenn ich zu wenig mache, unzufrieden und nicht glücklich bin? Als ich mit den Drogen aufhörte, ging es mir nicht gut. Später bekam ich Probleme, wenn ich unzufrieden, nicht glücklich war mit dem, was ich gerade machte. Dann ging es sehr schnell wieder bergab.

Doch meine Projekte helfen mir. Ich brauche immer eine Aufgabe. Wenn ich etwas unbedingt machen möchte, klappt es. Dann bin ich bereit, alles zu tun, damit es funktioniert. Meine Einstellung ist, wenn ich etwas will, bekomme ich es auch. Heute weiß ich, wie es geht. Ich habe noch so viele Träume und Ziele. Nur weiß ich jetzt, dass man es nicht übertreiben darf.

Nach Tiefschlägen geht es immer weiter. Aufgeben ist

keine Option. Immer schön am Abgrund entlang und dann wieder hoch. Man kommt da raus.

Meine Ziele habe ich immer ganz klar vor Augen. Für mich gibt es kein Leben mehr ohne Ziele, Wünsche und Träume. Diese haben mich immer vorangebracht. Jedes Jahr schreibe ich mir eine Liste, was ich erreichen möchte und arbeite darauf hin, bis ich es erreicht habe. Dieses Prinzip habe ich damals, als ich Vater wurde, erkannt und ziehe es bis heute konsequent durch.

Unsere Zeit auf der Erde ist begrenzt. Also möchte ich diese Zeit sinnvoll nutzen, um etwas zu erschaffen und zu hinterlassen.

Oft weiß man selbst gar nicht, zu was man alles in der Lage ist, wenn man nur an sich glaubt. Es gibt immer einen Weg.

HAUT UND KNOCHEN Lange Zeit hatte ich kaum Kontakt zu meinem Opa. Einmal im Jahr sind wir gemeinsam essen gegangen. Das war es auch schon. In den letzten Jahren bekam er Krebs und war gesundheitlich stark angeschlagen. Aber das hat ihn nicht umgebracht, denn er war ein harter Hund, bis die Demenz vieles veränderte. Aufgrund seiner zermürbenden Erkrankung oder vielleicht auch, weil er einfach charakterlich so gestrickt war, ist er mit den Jahren immer mehr zum Choleriker geworden. Er hat die Menschen in seinem Umfeld angeschrien und ständig rumgemotzt. Alles war scheiße. Seine Lebensgefährtin hat er wie Dreck behandelt. Wenn man ihn getroffen hat, dann in der Apotheke. Dort bekam ich seine komplette Leidensgeschichte zu hören. Wie schlecht es ihm doch ginge und wie viele Tabletten er nehmen müsste. Natürlich konnte ich das verstehen und hatte auch Mitleid. Ich stellte mir die Frage, wo er war, als ich fertig mit der Welt war und drogenabhängig um mein Leben kämpfte. Er war jedenfalls nicht da. Eventuell hätte ich seine Hilfe gar nicht angenommen. Eventuell hätte ich gesagt: »Nerv mich nicht.« Aber wahrscheinlich hätte es mir viel bedeutet, etwas von ihm zu hören. Er hatte sein komplettes Vermögen an der Börse verzockt und war am Ende arm wie eine Kirchenmaus.

Nachdem er wegen seiner Wahnvorstellungen und seiner Aggressivität zuerst in der Psychiatrie landete, wurde er anschließend in einem Seniorenheim untergebracht.

Dort besuchten wir ihn gestern. Meine Tante, meine Mutter, meine Cousine und ich trafen ihn gerade beim Mittagessen an. Er saß da und hat gegessen und nur ein wenig geredet. Alles lief völlig emotionslos ab. Er war weggetreten. Auch in dem Moment, als ich seine Hand hielt. Ich nahm diese Hand, alt, leblos, faltig und habe sie einfach gestreichelt. Er schaute mich an.

Meine Mutter sagte: »Das ist Daniel, dein Enkel.«

»Ja, Daniel, Daniel«, erwiderte er verloren.

Das ging mir unter die Haut. Egal, was zwischen uns gewesen war, Familie bleibt Familie und ist tief im Herzen. Das ist meine Einstellung. Auch, wenn man keinen Kontakt hat. Auch, wenn man sich wenig sieht. Wenn es darauf ankommt, ist man da! Das kann ich von keinem anderen erwarten. Aber das ist meine Einstellung.

Seine Situation war sehr bedrückend. War das noch lebenswert? Ihn in diesem Zustand zu sehen, tat mir sehr leid. Mein Opa nahm uns kaum wahr und war ohnehin nur noch Haut und Knochen. Zudem erzählte meine Mutter Geschichten, wie dieser damals so stolze Mann sich einkotete und einnässte. Grausam. Das geht mir immer noch sehr nah. Er tat mir so unglaublich leid, wie er dasaß mit seinem Lätzchen. Er aß noch allein, ganz langsam, mit wenig Kraft und meine Mutter und meine Tante lobten ihn dafür, als er aufgegessen hatte. Es fühlte sich an, als begegneten wir dem Kind in meinem Opa. Es war erschreckend.

GESCHÄFTSMANN IN WINDELN Der Besuch bei meinem Opa beschäftigt mich immer noch.

Mit den Jahren kam ich immer mehr zu der Auffassung, dass man negative Erlebnisse mit Menschen hinter sich lassen muss und sich auf die positiven Begegnungen konzentrieren sollte. In der Kindheit war ich sein kleiner Engel und habe ihm viel bedeutet. Dann hatten wir uns über die Jahre verloren.

Aber die positiven Erinnerungen bleiben bis heute. Spätestens am Ende des Lebens sollten diese guten Begegnungen im Vordergrund stehen, denke ich.

Außerdem war es sehr krass für mich zu sehen, wie schnell so ein Leben vorbei sein konnte. Der Geschäftsmann in ihm, an den ich mich noch gut erinnern konnte, war verschwunden, und der kleine Mann vor mir holte sich nun Anerkennung beim Suppe löffeln.

Es berührt mich bis jetzt zutiefst. Kraftlos, angewiesen auf Hilfe wie ein Baby in Windeln. Ich wusste nicht genau, wie ich ihm Trost spenden könnte. Mir steigen jetzt noch die Tränen in die Augen, wenn ich daran denke.

TSCHÜSS, OPA Laura und ich saßen auf der Couch, als meine Mutter anrief und sagte, dass mein Opa im Sterben liege. Er wäre auf der Intensivstation, und ich könnte mich noch einmal von ihm verabschieden. Da brach es aus mir heraus. Tränen über Tränen: Mein Opa stirbt. Mein Opa aus der Kindheit, ein guter anständiger Kerl im Herzen, auch wenn er im späteren Leben schwer zu ertragen war. Aber weiß man, was ihn getrieben hat? Keiner kommt schlecht auf die Welt. Mir ist klar, dass man nie vergessen darf, wo man herkommt und was die wesentlichen Dinge im Leben sind, bevor es zu spät ist. Jeder Mensch kommt mit einem reinen Herzen auf die Welt.

Diese Sichtweise ist manchmal problematisch. Grundsätzlich will ich, dass alle cool miteinander sind. Schwer vorzustellen in der heutigen Zeit. Das ist nicht immer einfach. Ich kann auch nicht gut streiten. Merke ich heute, dass Menschen mir nicht guttun, streiche ich diese komplett aus meinem Leben, ohne Ankündigung, um mich zu schützen. Wenn ich mir sicher bin, im Recht zu sein und dass mir jemand Unrecht antut, dann ist es ein großer Schritt, den ich konsequent gehe.

Am folgenden Tag bin ich ins Krankenhaus gefahren, um ihn noch einmal zu sehen. Da war es allerdings schon vorbei. Mein Herz hatte sich abends auf der Couch in der Umarmung mit meiner Frau von ihm verabschiedet. Im Krankenhaus lag ein Mann an Schläuchen, der einmal mein Opa war. Ich stand da und habe gebetet: Ich habe mich bedankt, bat darum, von seinen Sünden abzusehen und ihn behutsam einschlafen zu lassen.

Ich bin immer auf der Suche nach dem Guten im Menschen. Ich will, dass meine Familie gut ist, weil sie eben für immer zu mir gehört. So hatte ich meinen Opa auf Abstand gehalten. Er ließ mich ja auch in Ruhe. Nach einem schönen Start in der Kindheit hat er dann bis auf die Hochzeit alles in meinem Leben verpasst.

Auf meine Art und Weise bin ich gläubig. Deshalb versuche ich immer, ein guter Mensch, ein guter Vater und für meine Familie da zu sein. Ich glaube, dass Gott erkennt, wer ein gutes Herz und eine reine Seele hat. Mein Glaube hat mir in schweren Zeiten viel geholfen. Ich denke, wenn Gott sieht, dass jemand ein guter Mensch ist, dann hilft er ihm auch. Alles, was passiert, auch Schlechtes, hat einen übergeordneten Sinn und hat mir oft die Augen geöffnet. Allerdings beängstigte mich durchaus, dass ich Gott nur brauchte, wenn es mir schlecht ging. Deshalb bedanke ich mich nun immer zuerst für alles bei jedem Gebet, bevor ich wieder Wünsche äußere.

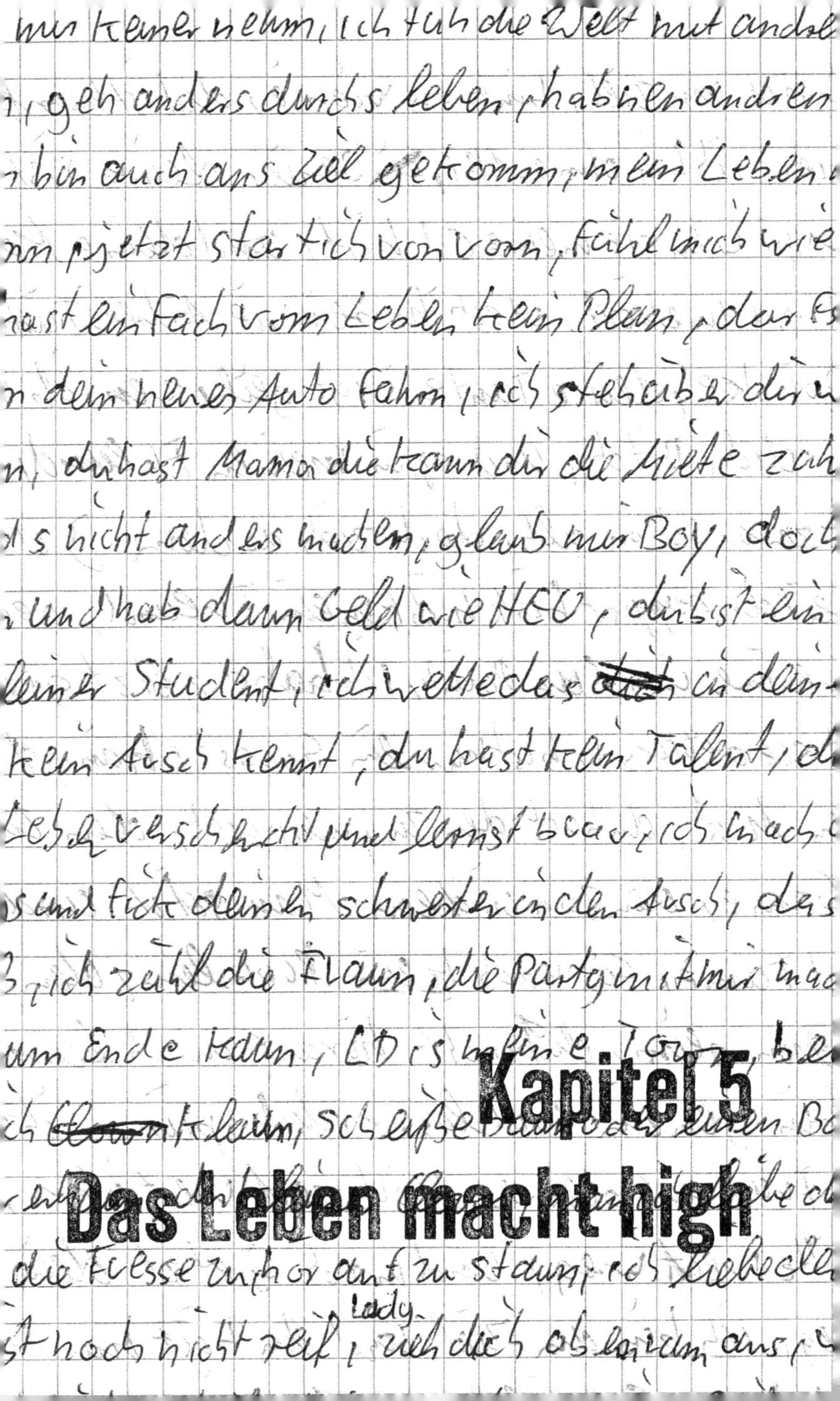

Kapitel 5

Das Leben macht high

ICH KÖNNTE EIN BUCH SCHREIBEN Durch meine Geschichte, gerade durch die schweren Zeiten, habe ich sehr viel gelernt im Leben. Das kann mir keiner mehr nehmen. Ich kenne das Leben von ganz unten. Jede Niederlage, jeder Schmerz, jede Trauer ist wichtig und hat seine Berechtigung. Man wächst und reift damit. Man wird stärker dadurch. Misserfolge sind viel prägender für die Entwicklung einer Persönlichkeit als Erfolge. Im Moment des Scheiterns ist es zwar ekelhaft, aber die Tiefen sind wichtig.

Meiner Therapeutin sagte ich beim Kennenlernen, über mein Leben könnte ich ein Buch schreiben. Sie antwortete: »Dann mach doch.«

Also habe ich damit angefangen. Einfach aus dem Bauch heraus. Wenn ich nur einen Menschen mit meinen Erfahrungen weiterbringen kann, hat es sich schon gelohnt. So ist die Sache mit dem Buch für mich ein Herzensprojekt geworden. Ich möchte anderen helfen, andere Menschen motivieren, aber auch selbst mit meiner Vergangenheit abschließen. So oft war ich fast pleite, doch ich habe immer weitergemacht, immer meinen Weg gefunden, das Unglück abzuwenden. Jede Fehlentscheidung bedeutete, zu lernen, zu wachsen und zu reifen.

Früher war ich immer high, betäubt und holte mir über Drogen Glücksgefühle. Heute gelingt mir das durch das Leben selbst. Das Leben macht mich high und glücklich.

Heute ist alles im Rahmen. Ich habe alles im Griff. Der Spaß mit Drogen steht in keiner Relation zu dem Schaden, den sie bei mir verursacht haben. Es lohnt sich nicht. Auch wenn es eine intensive Zeit war, ich viel Spaß hatte und viel gefeiert habe. Doch will man dafür psychisch krank werden, Angstzustände bekommen und sein Leben wegwerfen? Das lohnt sich nicht.

Als Laura schwanger wurde, konnte ich wieder da anknüpfen, wo ich damals, als kleiner Junge mein Familienleben verloren hatte. Sofort war klar: keine Drogen mehr, Arbeit suchen und eine gemeinsame Wohnung für die Familie finden.

Es gab und gibt für mich nie etwas Wichtigeres als die Familie. Und alles, was ich heute mache, hat mit Familie zu tun.

Liebe, Geborgenheit, Verlässlichkeit, Vertrauen in die Menschen an meiner Seite. Dieser Rückhalt gibt mir die Kraft und die Motivation. Damit kann ich alles schaffen. Dass meine Kinder mit so viel Liebe aufwachsen können, ist für mich das größte Glück.

TRAUM UNTERM APFELBAUM Seit ich mit meinen Herzproblemen im Krankenhaus war, träumte ich fast jede Nacht.

Ein Traum ist mir besonders in Erinnerung geblieben. Komischerweise kann ich mich an alles genau erinnern. Es war ein Gespräch mit meinem Vater. So ehrlich und offen, wie wir es leider nie geführt haben. Es beeindruckt mich bis jetzt noch tief, so mit meinem Vater zusammenzusitzen und einfach mal draufloszureden und Fragen, die ansonsten nicht ausgesprochen wurden, stellen zu können. Auch wenn es nur im Traum war, das Gespräch entsprach der Wahrheit, so wie ich sie fühle. Einer Wahrheit, die wir nie in der Realität aussprechen können.

Manchmal, wenn ich meinem Vater begegne und wir wortlos im Garten nebeneinander den Mittag an uns vorbeifließen lassen, kommt es mir wieder in den Sinn, als hätte dieser Austausch stattgefunden, vielleicht hier im Garten unter dem dicken Apfelbaum.

Ich strecke mich im Liegestuhl aus, bin schon die ganze Zeit etwas angespannt und dann haue ich es raus: »Papa, cool, dass du da bist.«

Mein Vater schaut mich irritiert an: »Ich bin doch schon immer da.«

Verlegen setze ich an: »Ich weiß ... ich weiß, dass du ein gutes Herz hast. Auch wenn ich es manchmal nicht wahrhaben wollte.«

Mein Vater schaut mich mit einem zögerlichen Grinsen an: »Es war eine schwere Zeit für uns alle. Mit den Drogen und dem ganzen Scheiß.«

Ich erwidere: »Du konntest mich einfach nicht verstehen.«

Mein Vater setzt sich etwas auf. Ich spüre seine aufkommende Erklärungsnot, hoffe aber, dass er mir seine Sichtweise näherbringt: »Genau, mein Vater hat immer gearbeitet, ich habe immer gearbeitet und wollte meiner Familie ein schönes Leben ermöglichen. Ich arbeite schon mein ganzes Leben und bin heute in führender Position. Für meine Familie hätte ich gut sorgen können.«

Ich sage zu ihm: »Das hat leider nicht geklappt.«

Mein Vater sinkt in sich zusammen und antwortet leise: »Ja leider. Ich weiß auch nicht, wie das kam. Deine Mutter war eine selbstbewusste, hübsche Frau. Sie hat mich sehr beeindruckt. Sie kam aus einer Unternehmerfamilie und hat nicht zu allem Ja und Amen gesagt. Ich dachte, mit der Frau kann man eine

Familie gründen. Das war mein Traum: »Arbeiten, heiraten, Haus bauen, Kinder kriegen und glücklich alt werden.« Er kommt nicht auf den Punkt, redet drum herum, also setze ich an: »Früher war auch alles gut. Ich hatte eine schöne Kindheit.«

Mein Vater geht willig darauf ein: »Alles war perfekt. Ein Sohn als Erstgeborener, eine Tochter, ein schönes Haus. Du warst ein Süßer, immer am Rumrennen, hast immer etwas angestellt, warst aber sehr höflich und sehr gut erzogen. Ich war richtig stolz auf euch! Wir hatten eine schöne Zeit. Alles war locker. Auch wenn ich nicht so streng war wie mein Vater zu mir, so hattet ihr trotzdem Respekt und wusstet euch zu benehmen.«

»Und was ging schief? Wann hat es sich zum Schlechten verändert?«

Mein Vater zuckt mit den Schultern: »Eigentlich mit dem Umzug ins neue Haus. Da kamen plötzlich negative Rückmeldungen aus der Schule. Dein Verhalten sei auffällig. Du wolltest immer Aufmerksamkeit. Das machte uns große Sorgen.«

»Wie erklärst du dir das?«

Mein Vater wird verlegen: »Na ja, deine Mutter und ich haben viel Mist gebaut. Ich habe mir das auch anders vorgestellt. Es funktionierte nicht mehr so richtig. Ich habe vielleicht auch zu viel Alkohol getrunken. Deine Mutter hat immer rumgenörgelt. Ihr konnte ich es nie recht machen. Sie war immer unzufrieden, obwohl ich mir für die Familie den Arsch aufgerissen habe. Deine Mutter hatte keinen Respekt mehr mir gegenüber. Sie hatte alles, was sie wollte. Ich kann bis heute nicht sagen, was ihr nicht gepasst hat. In der Zeit kam es zu Streitereien.

Das eine führte zum anderen. Es hat sich immer mehr hochgeschaukelt. Es ist schwer nachzuvollziehen, was passiert ist. Wir haben uns alles anders vorgestellt. Wir waren beide verzweifelt.«

»Das haben wir Kinder mitbekommen.«

Mein Vater erklärt sich mit einem verlegenen Gesichtsausdruck: »Klar, wir haben ja im Haus rumgeschrien. Das war mir dann hinterher auch unangenehm. Ich war ratlos und habe mir Sorgen um euch gemacht. Meine Kinder sind doch alles für mich. Doch ich konnte mit euch nicht darüber sprechen. Meine Aufgabe war es, euch klare Regeln aufzuzeigen. Was sollte ich dazu sagen?«

»Und dann ging es im Grundschulalter ab?«

Meinem Vater wird es jetzt richtig unangenehm. Er sucht unsicher in seiner Erinnerung: »Da war die Geschichte mit dem Stein. Klar stand ich auf deiner Seite. Aber ich wusste ja nicht genau, was vorgefallen war. Die Schule hat etwas anderes gesagt als du. Ich war hilflos. Und dann der schwere Unfall mit dem Zug. Da hatte ich große Angst um dich. Das hat dann auch ein wenig unsere Familie zusammengeschweißt.«

Ich werde frech: »Das hielt aber nicht lange!«

Schuldbewusst gesteht mein Vater: »Ja, ich war immer wieder hilflos. Es ging weiter bergab mit unserer Familie und mit dir.«

»Ich wohnte dann allein bei Mama.«

Mein Vater geht sofort in die Verteidigung: »Ja, das lief meiner Meinung nach nicht so gut. Sie hätte mehr ein Auge auf dich haben sollen. Du hattest viele falsche Freunde und schlechten Einfluss. Als du dann zu mir gezogen bist, war es schon zu spät. Du hast Drogen genommen und nur noch bei deinen Kumpels rumgehangen. In deinem Alter hätte ich dich nicht daheim einsperren können.«

Dann kommt mein wunder Punkt. Doch ich muss die Frage stellen: »Und der Heilige Abend?«

Mein Vater bemerkt meine Verlegenheit und lenkt bei diesem auch für ihn sichtbar heiklen Thema ein: »Ja, du hattest mich so genervt und warst so rotzfrech, dass ich dir dein Geschenk an den Kopf geschmissen habe. Dann sind dir wohl die Sicherungen durchgebrannt, und du hast mich angegriffen. Das war auch für mich der Punkt, an dem ich sagte, so geht es nicht weiter. Wir haben dich trotzdem immer geliebt. Doch damals haben deine Mutter und ich uns entschieden, Hilfe zu holen.«

Ich suche seinen Blick: »Mein Angriff auf dich tat mir sehr leid. Trotz allem Ärger habe ich dich in meinem Herzen geliebt. Ich war richtig verzweifelt danach. Aber wie war das damals für dich?«

Mein Vater weicht aus und schaut zu Boden: »Ich war traurig und schockiert zugleich, dass mein eigener Sohn auf mich losgeht. Habe ich doch alles für ihn gemacht in dieser Zeit. Ich bin nachts aufgestanden, um deine Klamotten zu bügeln, habe gekocht und Abendbrot gemacht. Ich gab mir richtig viel Mühe, aber du warst frech und hast mich noch beklaut. Ich wusste nicht mehr weiter. Das hätte ich niemals erwartet. Das war zu viel für mich. Ich war ein erwachsener Mann, habe mein ganzes Leben lang gearbeitet, war immer für die Familie da, und das war dein Dank. Das konnte ich mir doch nicht gefallen lassen. Ich war traurig, dass du so geworden warst. Ich hatte dich irgendwie verloren. Klar haben wir auch unseren Teil dazu beigetragen. Wir haben es nicht gepackt, unseren Kindern ein perfektes Elternhaus zu ermöglichen, wie es geplant war. Sie mussten als Scheidungskinder aufwachsen und hatten nicht Mama und Papa daheim. Ich war einmal mehr enttäuscht, dass alles nicht funktionierte, wie wir uns das vorgestellt hatten. Was kaputt ist, kann man versuchen zu reparieren. Aber irgendwann hat alles keinen Sinn mehr.«

»Da warst du wohl nicht mehr stolz auf mich?«

Die Antwort meines Vaters beruhigt mich dann doch: »Du bist und bleibst mein Sohn. Ich war immer stolz auf dich. Doch du warst abgerutscht. Dein Weg war falsch. Ich hatte Angst, dich zu verlieren, dass du im kriminellen Milieu versinken würdest.«

»Du hast immer gesagt, ich sei ein Versager.«

Mein Vater winkt ab: »Das habe ich nur gesagt. Es war immer Hoffnung in mir, dass du deinen Kurs noch änderst und einen guten Weg gehst. Am Ende hat es dann auch geklappt. Ich habe immer gehofft – vielleicht nur aufgehört, daran zu glauben – dass alles gut wird. Du bist mein Fleisch und Blut. Das Wichtigste für Eltern ist, dass Kinder einen guten Weg gehen, einen guten Job haben und gesund sind. Stolz war ich immer, auch wenn ich es damals nicht mehr gesagt habe.«

Es muss extrem für meinen Vater gewesen sein, mich so fertig zu sehen, denke ich mir heute, da ich selbst Vater bin: »Du hast mich im Entzug besucht.«

Mein Vater antwortet betroffen: »Das war richtig schlimm und traurig. Du warst völlig fertig, ohne Perspektive, ohne Plan im Sack, abgemagert, blass und verwirrt. Du hattest nichts erreicht. Ich habe dich nie abgeschrieben, weil das als Eltern nicht geht, aber ich habe zu der Zeit nicht an ein gutes Ende geglaubt. Das war ja auch alles Neuland für mich. Damit kannte ich mich überhaupt nicht aus. Ich wusste zwar, dass du zu wenig von uns Eltern bekommen hattest, aber wie hätte ich das damals ändern können? Ich fand zu dir keine Verbindung mehr und hatte kaum Kontakt.«

»Und heute?«

Mein Vater ist sichtlich erleichtert, dass das Thema sich wendet, und geht freudig darauf ein: »Ich bin richtig stolz auf dich. Du hast eine schöne Familie und wundervolle Kinder. Du bist fleißig und sorgst toll für deine Familie. Und ich freue mich, dass wir heute ein super Verhältnis zueinander haben.«

Ich will es doch noch einmal genau wissen: »Trotzdem sind wir beide grundverschieden?«

Mein Vater antwortet mit einem verständnisvollen Schmunzeln: »Auf jeden Fall. Ich bin mehr der Sicherheitstyp. Und du bist halt verrückt. Wenn du etwas willst, dann machst du es. Mit den meisten deiner Projekte bist du erfolgreich, aber dabei setzt du immer voll auf Risiko. Darin unterscheiden wir uns sehr.«

Jetzt möchte ich ihn gerne umarmen, aber sage vorerst: »Dein Einfluss war immer wichtig!«

Mein Vater ist etwas gerührt: »Das meiste in deinem Leben hast du selbst gepackt. Du hast so viel erreicht, obwohl du ganz unten warst.«

Stolz platzt mir der Gedanke raus: »Und heute bin ich für meine Kinder da.«

Da erklärt sich mein Vater noch einmal: »Die Bedingungen sind für deine Kinder besser. Beide Kinder wachsen wohlbehütet auf, ihr habt viel Zeit für die Familie. Auch, wenn du manchmal die Kinder ein wenig verwöhnst.«

Ich sage: »Danke, Papa!«

NACHWORT Dieses Buch wäre nicht möglich gewesen, wenn ich nicht in frühster Kindheit erfahren hätte, was im Leben wichtig ist. Liebe und Familie. Dafür und auch, dass sie in meinen schweren Jahren, soweit es möglich war, an meiner Seite gestanden haben, möchte ich meinen Eltern danken. Aber sie waren auch hilflos. Mit einem Sohn, der abgerutscht und nicht mehr einzufangen war.

Deshalb ist mir dieses Buch wichtig. Ich möchte anderen Eltern einen Einblick in die Denkweise eines Heranwachsenden ohne Perspektive geben.

Wir hätten zur rechten Zeit Hilfe von außen gebraucht. Aber eine Hilfe, die ich hätte annehmen können. Eine Hilfe auf Augenhöhe. Die Hilfe, die wir damals vom Jugendamt bekommen haben, lief ins Leere. Mein Gedanke war, dass man mit Theorie allein hier nicht weiterkommt.

In dem Moment, als ich eine für mich akzeptable Möglichkeit gesehen habe, eine eigene Familie zu gründen und Liebe zu erfahren, konnte ich zugreifen. Das hatte mir gefehlt, nachdem meine eigene Familie in die Brüche gegangen war. Das wollte ich haben. Aber wäre dieser Zufall nicht in mein Leben getreten, wäre ich weiter und weiter abgerutscht. Meine Tochter hat mein Leben gerettet! Ich bin mir ziemlich sicher, der nächste Schritt wäre eine Spritze in meinem Arm gewesen. Mit diesem Buch möchte ich Jugendliche und ihre Familien erreichen, die in einer ähnlichen Situation stecken. Sucht euren Sinn im Leben! Setzt euch Ziele, habt Träume, für die es sich lohnt zu kämpfen!

Schreibt eure eigene Geschichte! Ihr könnt alles schaffen!

Laura und ich waren achtzehn Jahre zusammen und auch verheiratet. Leider haben wir uns sehr unschön getrennt. Trotzdem danke ich ihr für unsere zwei wundervollen Kinder.

Ich danke meiner kleinen Schwester. Wir sind beide angekommen. Leider haben wir uns in unserer Jugend verloren. Aber ich habe dich nie vergessen. Ich danke meinen Eltern. Aus mir ist doch noch etwas geworden. Danke, Oma und Opa. Ich werde euch nie vergessen. Danke an jeden echten und falschen Freund. Danke an meine Tante Christiane. Du warst immer da, wenn es brannte. Danke, Gott. Ich weiß, dass nichts selbstverständlich ist im Leben. Danke, Barbara Petermann. Danke an jeden Lehrer und Pädagogen, der sagte, aus mir würde nie etwas werden. Ich bin dankbar für jede Fehlentscheidung, jeden Schmerz und jede Träne in meinem Leben. Dadurch bin ich gewachsen und habe gelernt, die schönen Dinge im Leben zu schätzen. Danke auch an jeden Wegbegleiter, der heute nicht mehr da ist. Ich werde Euch nie vergessen. Und zu allerletzt Danke, Franzi. Du hast mir gezeigt, was Liebe bedeutet und bist mit mir durch die Hölle gegangen. Nie mehr ohne euch! Ich liebe dich!

Sucht euren Sinn im Leben!
Setzt euch Ziele, habt Träume, für die
es sich lohnt zu kämpfen!

Schreibt eure eigene Geschichte!

www.strassen-staub.de